嘘かまことか

平岩弓枝

文藝春秋

嘘かまことか　目次

装画　蓬田やすひろ

嘘かまことか

嘘かまことか

各界で活躍されている有名な方には、しばしばその偽者があらわれて話題になる。私の師匠の長谷川伸《はせがわしん》先生にも昭和の初めごろ偽者が出たことがあった。当時の先生は名作「瞼《まぶた》の母《はは》」や「一本刀土俵入《いっぽんがたなどひょういり》」など多くの作品が当ったのと、幼い頃に別れた母親とご自分の作品が切っ掛けとなり四十七年ぶりの再会を果すなど、新聞にも大きく取り上げられ話題となった。

そのために先生の名を騙《かた》る者がでてきたのだろう。偽《にせ》長谷川伸は熱海の旅館に作品を書くと称して逗留し、温泉に入り飲食はするが、幾日たっても一向に仕事をする気配がないのを不審に思った宿の主人が先生のお宅に直接電話をしてきて、詐称と無銭飲食がばれて警察に突き出された。

これで一件落着と思いきや、このあとにはもう少し先がある。先生は奥様とその旅館を訪れ、詐欺師を本物の長谷川伸と思って対応してくれた宿の主人に感謝するとともに、踏み倒された勘定を払い、一泊して帰られたとのことであった。

しかしこれは普通ではなかなか出来ることではない。先生が明治の初めにお生れになり、その時代の人々の思いやりの心をしっかりと身につけていらっしゃったのと、幼い頃家が破産して三歳で生母と別れ、十歳で自活せざるを得なくなり、その後独学で新聞記者、作家の道を歩んだという深い人生経験から醸成されたものので、現代に生きる我々には理解しにくいことかもしれない。

ただ、こうした行為が今でもその何分の一かが行われたとしたら、世の中はもっと住みよくなるような気がする。恐らくこの事件においても詐欺師《さぎし》は情状が酌量されただろうし、宿の主人も損をしなかったたし、長谷川先生もご自分の信念を通されたと思うからだ。

これとは違うが私にも似たような話がある。

直木賞を受賞して間もない頃のことだが、私の知人が出張で静岡の或《あ》る町を車で通りかかったところ、お寺の門前に〈平岩弓枝先生講演会〉の立看板を見付けた。仕事の途中だったのでそのまま通り過ぎたが、それから暫《しばら》くしてその知人に会ったとき彼は講演会の看板の話を持ちだした。

「最近はかなりお忙しそうですね」

これが私の偽者がいることに気付いた最初だった。私はいつもカレンダーに仕事のスケジュールを記入しているが、その日は取材で北海道に行っていた。(私のような駆け出しでも偽者が出るんだな)と怒るというよりは面映《おもは》ゆい気持だった。

しかし知人は気がすまなかったらしく、その後例の寺に立寄って偽平岩弓枝の講演会の模様を確めたらしい。

「身なりも態度も作家らしく、話の内容もしっかりしていたそうですよ」

着物姿も女流作家らしかったという。

「それと謝礼は受け取らなかったそうです」

これは犯罪といえるのだろうか。私の気持は複雑だった。名前を騙ったことは事実としても、あまり実害は与えていない。

「それにしても不届きじゃないですか、名前を騙るなんて」

知人は不満そうだった。

「放っときましょうよ、私がもっと頑張って顔がうれれば解決することだから」

長谷川先生の頃にくらべれば、テレビや新聞、雑誌などに顔が出る機会は何十倍も増えている。有名になれば偽者は自然に消えるはずだ。

この偽者の消息は、その後もかなり長いあいだ私のところにもたらされた。

一度は旅館から二度目は新宿のバーからで、いずれも電話で私が家に居るかどうかを確認するものであったが、支払いはちゃんと済ませていた。

中にはこの偽者女史の戸籍を取り寄せて送ってくれた人もいた。それによると、確かに名前はほとんど同じで最後の一字が〈子か恵〉であったような気がする。年齢は私より少し上だった。

驚いたことにその後彼女は直接手紙を寄越した。名前も同じであり、自分も小説家なので決して詐欺ではないという内容だった。私は返事の仕様がないので手紙は書かなかった。すると或る日突然神社の方へ彼女が訪ねてきた。この時は主人が対応してくれて、

「あなたは偽者のつもりではないのかもしれないけれど、戸籍によれば名前も違えば経歴も直木賞作家の平岩弓枝とは違っているし、一般の人から見ればこれは詐欺という犯罪行為には当らないとしても、明らかに嘘をついていることになる。あなたのようなちゃんとした方が為さることではないと思いますよ」

と説得してくれた。

それが功を奏したのか、彼女の件はこれで一件落着となった。

長谷川先生の時代に比べると遥《はる》かに豊かになった私たちの時代には、偽者も随分様変りしたものだと思う。

しかし他人《ひと》のことばかりは言っていられない。私自身も一度だけ偽者に間違えられたことがある。

昭和四十二年（一九六七）、NHKの朝の連続テレビ小説〈旅路《たびじ》〉の脚本を書いた時のことだ。連続テレビ小説は現在まで続いている長寿番組だが、私はその七番目で、今は作者が半歳毎に交代するが、当時は一年間書き続けなければならなかった。

ドラマの舞台は国鉄（日本国有鉄道）、現在の〈JR〉の前身である。時代は大正から昭和にかけて国鉄に勤める鉄道員とその妻の人生の旅路を描いた。幸いドラマは好評で、私はNHKの勧めで東京駅の近くにある国鉄のビルに石田礼助総裁を表敬訪問することになった。

広い総裁室の奥の立派なテーブルの前で出迎えてくださった総裁は、想像以上に老人に見えた。しかし眼には力があり背筋も伸びている。

あとで判ったことだが総裁はこの時八十一歳、すでに三井物産の代表取締役を退職されていたが、当時赤字やストライキの多発に苦しむ国鉄の立直しのために老骨に鞭打って就任されたのであった。

総裁とはしばらく来客用のソファーでお話をしたが、話の途中で私の顔をしげしげとご覧になり、

「君が本当にあのテレビの脚本を書いたの」

と仰《おつしや》った。

どうしてそんな事をと内心訝《いぶか》ったが、素直に頷《うなず》くと、総裁は秘書さんを呼んで原稿用紙とペンを用意するよう命じた。

「すまんがね、〈旅路〉の一回分を書いてみてくれんかね」

総裁は私を疑っていらっしゃる、と気付いたが嫌ですとも言えない。ＮＨＫの連続テレビ小説はほとんど毎朝放映されるので一回でも多く書き溜めしておかなければならない。ちょうどいいやと思いながら早速ペンを走らせた。

私はこの時三十五歳、直木賞を頂いてから八年が経ち、小説もだがテレビの脚本も五十本近く書いていて、自分では一端《いっぱし》の作家気取りでいたので、正直なところショックではあった。しかし八十歳を越えられた総裁の目には、私などほんの小娘にしか見えなかったのだろう。

私は神社の一人娘で、特に祖父母には甚《いた》く可愛がられたので、お年寄りにはつい甘えたくなる癖がある。原稿用紙が普通の四百字詰で、いつもの脚本用のと違うのが少し気になったが、それでも一回分の原稿は一時間足らずで書き上げた。

総裁は一通り目を通されてから、

「テレビのシナリオというものを初めて拝見したが、いい勉強になりました、ありがとう」

お礼のしるしにうちの蜜柑をご馳走しようと言われて、車で静岡のご自宅まで連れて行ってくださった。

お屋敷はさほど大きくはないが、お人柄を反映したような風格のあるものであった。

「あなたに是非これを食べてもらいたくて……」

案内されたのは、日当りの良い広いお庭で南に穏やかな海が見晴らせた。手入れの行き届いた芝生の一角に蜜柑の木が数本あって、どれにも見事な実が沢山なっていた。

「好きなのをお採りなさい」

私が恐る恐る手を伸ばすと、

「あ、それは駄目だ」

総裁はご自分で大きな実を慣れた手付でもいでくださった。味は予想以上においしかった。日当りもさることながら、日頃の手入れも充分にされているのだろう思った。

総裁は〈旅路〉を毎朝ご覧になっていて、話題は尽きなかった。破綻に瀕する国鉄を立て直すために日夜闘っている方とは到底思えぬほど優しく温和な方であった。

帰りに蜜柑を沢山お土産に頂き、秘書さんをつけて自宅まで送ってくださった。

〈旅路〉といえば、最近ドラマの舞台となった北海道の神居古潭《かむいこたん》に記念碑を再建する計画が持ち上り、私にも協力を求めて来られた。

五十年前に建てられた碑の傷みが著《いちじる》しいので有志をつのったところ、予想以上に人が集まったので活動を開始したのだそうだ。

国鉄の神居古潭駅は〈旅路〉の主人公が勤務する駅で、当然のことながら現地でのロケが欠かせない。準備万端ととのえてロケ隊が乗り込んだところ、現場周辺は台本には無いはずの雪で真白になっていた。

テレビの放映の日は迫っているし、台本を書き直すこともできない。困りはて

ていると、

「私たちで何んとかしましょう」

駅の関係者と地元の住民が協力して雪を掻き、湯を沸かしてそれを解《と》かして一晩のうちにロケが可能な状態にしてしまった。

その時この作業に協力してくださった方々がまだご存命で、私の所にも〈『旅路』友の会〉の副会長という人がやってきて、記念碑の題字を書いて欲しいと言われた。

話を聞くと、建立の土地は現在旭川市と交渉中、資金はこれから集める予定だが、とにかく賛同の証《あか》しとして〈旅路〉の題字が欲しいというのだ。

ちゃんとした紹介者もなく、いきなり飛びこんできた話が嘘かまことかは判断に苦しむところだ。殊《こと》に最近は〈オレオレ詐欺〉などが横行し、家《うち》にも二、三度そうした電話があった。

多少の迷いはあったが、明らかに〈旅路〉のファンであることと素朴な人柄が読みとれたので、色紙を二枚渡した。

それから三年、彼は北海道から何度も上京して経過を報告し、遂に二〇一八年の秋、記念碑が完成して地元の新聞に大きく取り上げられた。足繁く通ってきた七十六歳の副会長は病に冒されており、九十歳の会長さんは自宅の庭にあった高価な神居古潭の〈油石《あぶらいし》〉を提供されたとのことだった。

世の中にはいつの時代も嘘とまことが混在して中々見分けがつきにくい。また私達の人生も常に嘘とまことの岐路で迷うことが多い。

できることなら、真実一路の人生を全うしたいものだ。

夫婦は二世《にせ》というけれど

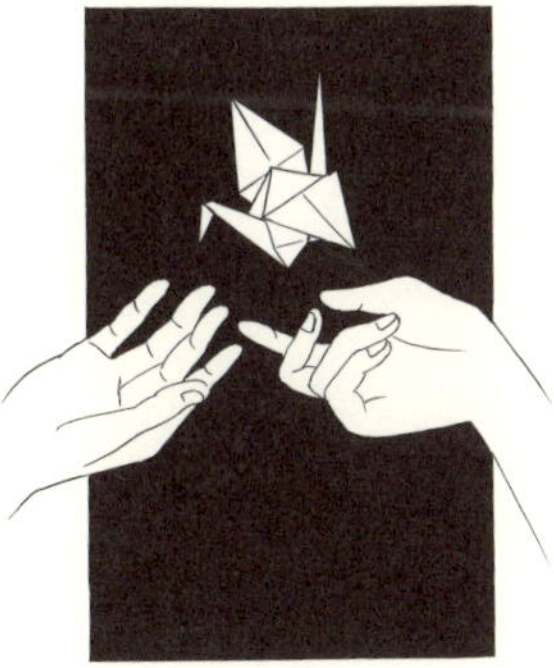

今はあまり使われなくなったが、〈親子は一世《いっせ》、夫婦は二世《にせ》、主従《しゅじゅう》は三世《さんぜ》〉という言葉がある。

広辞苑を見ると、「親子のつながりは現世だけのものであり、夫婦は現世だけでなく来世にもつながり、主従は過去・現世・来世のつながりがあるということ」と説明されている。主従関係を重んじた江戸時代に流行《はや》ったものと思われるが、現在のように親殺し、子殺し、離婚、転職が頻発する世の中では、ちょっと理解しにくいものだ。

人の心は時代とともに大きく変化する。

今回は私たち夫婦の結婚について振り返ってみよう。

私は直木賞を受賞して間もなく、二十九歳で結婚した。相手は同門の伊東昌輝《いとうまさてる》で三十歳、当時の女性は二十四、五歳で結婚するのが普通だったから晩婚の部類に属するといっていいだろう。

伊東は私より五か月早く長谷川門下に入っていたが、他の先輩たちが私たちより十歳以上年うえだったのと、家が同じ渋谷区ということもあって、互いに親近感を持つようになったような気がする。長時間に及ぶ勉強会のあとは、彼は独りで新宿へ飲みに行っていたようだし、私は親との約束で真直ぐ帰宅することになっていたので、二人だけで話をすることはほとんど無かった。

或る年の正月。一月二日は長谷川門下の者や、親しい歌舞伎の役者さん、映画俳優さん等が集ってお祝いをするのが恒例だったが、その年は午後から雪が降りだして夕方頃にはかなり積った。先生の奥さんが心配されて、「伊東ちゃん、平岩さんを家まで送ってあげなさい」といわれた。

伊東はタクシーで私を神社の石段の下まで送ってくれた。途中どんな話をしたか覚えていないが、そのことが切っ掛けで親しみが増したように思う。時々、伊東に誘われて神田の古本屋に資料を探しに行くようになり、伊東も私の家に遊びに来るようになった。

私の家は神社だったせいか、来客には下戸《げこ》の人でないかぎりお酒やビールを出すことが多かった。父が酒好きだったせいかもしれない。

母は伊東にも娘の大切なお客と思ったせいか、歓迎のつもりでビールと枝豆を用意した。

「おつまみは何がお好き」

という母の問いに、

「家では鰹節の芯を齧《かじ》りながら一杯やります」

「あんな堅いものを」

「気長に嚙《か》んでいれば最高です」

当人は母に余り気を使わせない積りで言ったのだそうだが、それ以来母は彼が来るたびにお皿に削り残しの芯をのせて出すようになったのは可笑《おか》しかった。

彼は誠実そうではあったが、どこか一般の常識に合わないところがあって、私や母を途惑わせた。話をしているうちに、私の持っていないものを彼が持っており、彼に無いものを私が持っていることに気がついた。

たとえば彼は純文学系の作家や外国文学に造詣《ぞうけい》が深く、私が親しんだ日本の古典文学や古典芸能については彼の知識は零に近かった。スポーツに関しては私は運動神経が子供の頃から駄目だったが、彼は小学校の頃から運動会ではリレーの選手で、中学では水泳、高校では北アルプスの山々の登頂を果し、大学では運動部でグライダーの自家用操縦士免許を取得するなど、どちらかといえば体育系であった。また私が歌舞伎や能楽を好んだのに対し、彼はオペラやバレエという具合に、二人の趣味や性向はまったく異なっていた。

彼の父親は実業家で私の父は神社の宮司《ぐうじ》、育った所は同じ東京だが彼は下町で私は山の手。とにかく何から何まで違う育ち方をした者同士だから、普通に考えれば話が合うわけがない筈《はず》なのに、実際はその逆で、自分に無いものに興味をひかれるというか、これまで識《し》らなかった世界に触れてみたい、覗《のぞ》いてみたいという思いが強くなっていったような気がする。

そんな付合いが続くうち二人の身の上にとって大きな出来事が生じた。一つは私の直木賞受賞、もう一つはその翌年に伊東の父が脳出血で急逝したのだ。

結婚という言葉を口にしたことはなかったが、それに近い気持を互いに意識しはじめていた時であった。

私は俄《にわか》に増えた仕事やマスコミの取材の対応に追われ、伊東は父親の葬儀や跡始末などで忙しく、暫く逢うこともなかった。

彼から電話があったのは一か月くらいしてからだったと思う。夕方、いつものように新宿駅前の二幸《にこう》で待合せをして、三越の裏にある喫茶店を兼ねたバーのような店に入った。

普段は〈どん底〉とか〈とんねる〉とか若者がよく行くバーに行くのに変だなと思っていたら、飲み物は彼はいつものトリスのハイボール、私にはこれもいつものアプリコットブランデーのサワーカクテルを注文してくれたので気持が落着いた。

久しぶりなので、積もる話をしているうちに時が過ぎていった。彼は少しやつれているようにも見えたが、それ以外はいつもと変りはなかった。話し疲れて、ちょっと言葉が途切れたとき、

「一緒にならないか」ごく当り前の調子で呟《つぶや》くように言った。「いいわよ」何故か私もごく自然に応じたような気がする。

「俺は名前をやる。そのかわり君は俺のところへ嫁に来てくれ」

多分ながいこと考えた上での言葉だったのだろう。言い終って表情がやわらいだ。

「名前をやるって、どういうこと」

「俺は平岩姓を名乗る。新民法では夫婦はどちらかの姓を名乗ることになっている。君は八百年続く神社の跡取りだし、うちは親爺《おやじ》が亡くなって、俺は会社の跡をつぐつもりはないんだ」

「お母さんはそれでいいの」

「お袋は、お前が良いと思うなら、それでいいよと言ってくれた」

「そう……」

この言葉を私は重く受けとめた。

それというのも、彼の本名は伊藤昌利《いとうまさとし》で、伊東昌輝は神主である私の父が選んで付けたペンネーム。彼は伊藤家の長男であり、私は平岩家の長女。どちらも家督をつぐべき立場であった。昭和初期に生れた私たちにとって、跡をつがないということは両親や先祖に対して申し訳ないことなのだ。だから伊東は姓は平岩を名乗るかわりに、弓枝は伊藤家の嫁に来てくれという意味なのだとすぐに判った。

実はこの問題は私自身も悩んでいたことで、伊藤家に嫁に行くことを両親が許してくれるかどうかが心配であった。その難問の答えを彼は私の立場になって解決してくれたのだが、恐らくこの時は姓が平岩に変るだけで、平岩家の養子になることは考えていなかったのだと思う。新民法では妻の姓を名乗ることと養子になることとは意味が全く違うからだ。

私はもちろん彼に感謝したし、嬉しかったのだが、これはその後思わぬ展開をみせることになる。

伊東は父の都合の良い日を選んで神社に来て、二人の結婚の許しを乞《こ》うたが、その時の科白《せりふ》も「名前は差し上げますので、お嬢さんを私の嫁にください」であった。

父の諒承を得たあと、彼は長谷川邸に赴《おもむ》き先生に経過を報告するとともに、結婚の許しを願った。それというのも、新鷹会《しんようかい》では男女の恋は御法度《ごはっと》という噂が実《まこと》しやかにささやかれていたからだ。以前、新鷹会の会員同士が恋に落ちた挙句《あげく》の果《はて》、男は妻子がある身でありながら駈落《かけお》ちした事件があって、それ以来会員たちが神経をとがらすことになったようだ。だから伊東は長谷川先生の許しを得なければと考えたらしい。

先生は話を聞かれると、

「そうなると思っていたよ」

と仰って、極めて好意的だったという。

伊東が結婚式の仲人《なこうど》をお願いすると、

「それは戸川《とがわ》（幸夫《ゆきお》）君に頼み給《たま》え。僕は年を取り過ぎている」

とのことであった。彼は日を改めて戸川邸を訪ねて婚約の報告と仲人のお願いをし、更に村上《むらかみ》（元三《げんぞう》）邸にも報告に行った。山岡荘八《やまおかそうはち》先生の所へもお邪魔するつもりだったが、その前に先生の奥様が私の家に縁談を持ってきてくださったので、これは事情を説明して丁重にお断わりした。

伊東がここまで用意周到な手順を踏んだのは、新鷹会の一部の人が二人の様子を嗅《か》ぎ付けて反対の動きを始めたらしいという情報を耳にしたからだ。

結婚式は代々木八幡宮で父の祭主で行われ、披露宴はなるべく長谷川先生のお宅に近い所と考えて、高輪《たかなわ》プリンスホテルを選んだ。招待客は新鷹会の会員全員と、神社界では神職さん数人とうちの総代さん数人、それと両家の家族と親戚など百人程度に納めた。この私達の決めた人選には父は不満で、もっと大勢の方を招くべきだと主張したが、私がまた別の会を開くからということで押切《おしき》った。

その晩はホテルに一泊して、翌朝、新婚旅行に出発した。神戸・由布院《ゆふいん》温泉・長崎・奈良と廻《めぐ》って帰京したら、父から驚くような報告を聞いた。父が、独断で養子縁組の届けを出してしまったというのだ。

結婚届を役所に出すよう父に依頼しておいたのだが、父は伊東の言う通りに届けを出そうとしたら、係の人からこれでは弓枝さんが戸籍の筆頭者になってしまい、昌利さんはその配偶者ということになりますと言われて、伊東を将来自分の後継者にするつもりだった父が勝手にその場で変えてしまったのだ。

明治生れの父は妻が夫を差し置いて世帯主となると勘違いしたらしい。因《ちな》みに父は鳩森《はとのもり》八幡神社の長男として生れたが、事情があって代々木八幡宮の養子となった人なので、自分の経験に照らしてそうすべきとの判断に至《いた》ったのだろう。

このことを知った伊東は暫く考えていたが、

「お父さんが私の為を思ってしてくださったことですから、それで結構です」と言ってくれ、無事落着した。

その後、法律や世間の仕来《しきた》りにとらわれることなく、伊東は文学活動は伊東昌輝、神社関係は平岩昌利として仕事をしているし、伊藤・平岩両家の祭祀や墓参も欠かさない。

冒頭に親子は一世、夫婦は二世、主従（師弟）は三世という古い慣用句を紹介したが、そのいずれも互いに思いやりと、温かい愛が伴えばこそで、それが失われればたちまちこの関係は破綻する。

何よりも大切なことは、自分以外のものに対する思いやりと、それを実行する決断力ではないだろうか。

あれから六十年の歳月が流れたが、彼も神社界で大成《たいせい》し、私もそれなりの成果をあげることが出来たのは、本当に仕合《しあわ》せだったとつくづく思う。

神様が書かれたシナリオ

人生には幾つかの節目があるといわれているが、米寿を迎えた私にとって最大の節目は、昭和三十四年（一九五九）から三十六年にかけての二年間だったと思う。

この僅か二年程のあいだに直木賞を受賞して作家となり、結婚して妻となり、長女を生んで母となった。いずれもそれまでは予想だにしなかったことで、〈極《ご》楽蜻蛉《らくとんぼ》〉といわれた私や、〈石橋を叩いても渡らぬ男〉と長谷川伸先生に評された伊東としては手際が良すぎる行動で、此等のことはどう考えても神様がシナリオを書かれその通りに動いたとしか思えない。

長女の誕生についても少し述べてみよう。今考えてみると、これも決して順調なものではなかった。

病院は踊りの西川流の家元西川鯉三郎《こいさぶろう》師から近くにある聖路加《せいろか》病院を勧められて通っていたが、お腹が大きくなるにつれて困ったことが起った。それは胎児の位置がなかなか定まらないことだった。正常な場合は胎児の頭は子宮口に向いているべきで、その逆だと分娩の時に難産となる。いわゆる逆児《さかご》という状態だ。

逆児は自然に正常な位置に戻ることもあるし、妊婦が医師の指導によって簡単な体操を行ったり、医師の手で〈外回転術〉を施して直ることもある。治療としてはそれほど難しいものではないが、私の場合は何度戻しても次の健診時にはまたさかさまになっていた。

「ずいぶん活発なお嬢さんですね。生れる前からでんぐり返しばかりしている」

と担当の松岡先生がお笑いになったが、すぐ真顔になられて、

「お仕事はかなりお忙しいですか」

とお尋ねになった。

「はいお蔭様で」

この二年間に雑誌の短篇小説十三本、連載小説が二本、新聞の連載小説が一本、ラジオドラマ一本、テレビドラマ一本、狂言の台本一本、これは初めて書いた狂言にもかかわらず大阪芸術祭賞を贈られた。

なにしろ小説らしいものを書いた三本目の作品が直木賞に当選したものだから、あとは勉強のつもりで注文はすべて引き受けていたのだ。

「それはかなりの分量ですね」

松岡先生は溜息まじりに忠告された。

「作品を書くということは、かなり神経を使う作業ですからね。それも坐ったま

まだし、出来れば妊婦さんは適宜に体を動かして余りくよくよせずに暮らすのがいいのです。なるべくお仕事を減らして、のんびりとお過ごしください」

「はい、分りました」

とお応えしたものの、一旦《いったん》引受けた連載小説を途中で止めるわけにもいかず、そのままずるずると書き続けていたら、昭和三十六年九月九日の早朝腹部に違和感を覚えて目が覚めた。

さほど強くはないが痛みもある。まだ出産予定日ではないが、咄嗟《とっさ》に〈流産〉という言葉が頭をよぎった。私が幼い頃母が流産したことがあって、父と一緒に病院に見舞いに行ったら、あの男まさりで気丈な母が涙を流し、身をよじって泣く姿を思いだしてぞっとした。それ以来母は二度と身籠もることはなかったのだ。

その頃私たち夫婦は渋谷区幡ヶ谷の伊東の実家で暮していた。

この家は十年程前に伊東の父が買ったもので、前の持主は明治座の支配人をしていた方だったそうで、私たちが住んでいた八畳の和室は書院造りで廊下をへだてた庭には池があり、その一角にある大きな庭石からは蛇口をひねると上から水が滝のように流れる仕掛けになっているなどかなり凝った造りの家だった。

「どうしたの」

私のただならぬ気配に気付いたのか、伊東が隣りから声をかけてきた。

「早期破水か流産したかも。早く病院に電話して……」

彼は布団を撥ね除け、母屋の方へ飛び出して行った。義母や義妹やお手伝いさんはまだ寝ているかもしれないが、電話は茶の間に置かれていた。

私はパジャマの上にガウンを羽織り取り敢えず入院に必要なものをカバンに詰めた。

間もなくハイヤーが到着し、私は後部座席に毛布を敷いて横になった。伊東は助手席にのり、出発した。早朝なので道路は空いており、運転手さんは私を気遣い静かに運転してくれた。

病院までは一時間くらいかかっただろうか、私にはその何倍にも長く感じられた。伊東は前の席から何度も声をかけ、励ましてくれた。

無事到着すると、四隅に車のついたベッドに乗せられ、そのまま病室まで運ばれた。伊東は二階の待合室で待つように言われ、そこで別れた。

独りになり心細かったが、間もなく松岡先生がおいでになったので安心した。

「流産でしょうか」

「いいえ、早期破水です。よくあることなので全く御心配には及びません」

その声はまるで神様のお声のようで、すっと肩の力が抜けたような気がした。

早速検査が始まり、最後にレントゲンをとった。それから暫くは個室で独り待つことになった。

窓から青い空が見え、そこに秋めいた真綿のような雲がぽっかり浮いていた。緊張がとけたせいか瞼が重くなり、いつの間にか眠ってしまった。

どのくらい時間がたったか、松岡先生の声で目が覚めた。先生から検査の結果と今後の処置の方針について、くわしい御説明があった。

その内容を要約すると、やはり早期破水で検査の結果健康状態はすべて正常で問題はないが、レントゲンで観察したところ矢張り胎児は逆児で、しかも臍《へそ》の緒が首に三重に巻きつく〈臍帯巻絡《さいたいけんらく》〉という状態であることが判明した。したがって医師としては大事をとって〈帝王切開〉をお勧めするということであった。

帝王は古代ローマ帝国の皇帝シーザーのことで、彼が生れたときこの方法で出生したという伝説があり、そこからこの名がつけられたということは聞いたことがある。皇帝でも武士でもない駈け出しの作家が切腹では話にもならないと思ったが、生れてくる娘のことを考えるとこれはやらざるを得ないと思った。

「ではお願いします、そのかわりなるべく痛くないように……」

「大丈夫お任せください、全身麻酔で痛みはありません。最近では自然分娩の陣痛を避けてわざわざ帝王切開を選ぶ方もいらっしゃるくらいですから」

あとで聞いたことだが、松岡先生は待合室で待つ伊東のところにもおいでになって、私と同じように手術の諒解をとられたそうだ。

松岡先生が告げられた手術の時刻と同じ頃に病院の礼拝堂とおぼしきあたりから美しい歌声が聞こえてきたそうだ。

その荘厳な響きから、伊東は思わず妻と娘の無事を神様に祈ったという。その時の祈りの言葉は、〈私の生命《いのち》と引替えにどうか女房と娘の生命をお助けください〉であったそうだ。

この時の体験がきっかけで、伊東は日本の敗戦で見失った神々とのつながりを取り戻すことが出来たとあとで私に語ってくれた。もしこうしたことが無かったならば、彼は神を持たない形骸化した神主で一生を終ったかもしれない。この事は彼にとっては仕合せだった。

私もそれと同じような体験をしていた。麻酔から覚めて体調が元に戻った頃を見計らい看護婦さんが、赤ちゃんを連れてきて横に寝かせてくれた。赤ちゃんの顔って本当に赤いんだ、だから赤ちゃんと呼ぶんだと思った。

薄い産衣を通してわが子の温もりが伝わってくる。

「おっぱい、飲ませてみます」

頷くと、看護婦さんが器用な手つきで私の乳首を赤ちゃんの口に含ませる。すると強い力で赤ちゃんは初めて私の乳を吸いだした。

（私はとうとうお母さんになった）

小さな舌の感触からくる、言葉では語り尽せない感動だ。（私の生命はこの子に伝えられるのだ）それは何十万年も前から継承されてきた尊い、奇跡のような生命であった。（この子のためにもいい仕事をしなければ……）体中に新しい力が蘇《よみが》えってくるような気がした。

今あらためて考えてみると、伊東が神を再発見するきっかけとなった歌は賛美歌だったのだろうし、私が出産したのもキリスト教系の病院だったのだが、特に特定の宗教とは関係なく、日本人の血に染みつき伝えられたものが、子どもの出産という出来事を契機に姿を顕わしたということだろう。

しかし私たちは勝れた医療技術を天使のような心で提供してくださった病院と

その関係者の方々には、心からの感謝を今でも決して忘れることはない。その後この病院で次女の出産もお世話になった。

わが家の応接間のピアノの上には高価な置物等は一つもないが、そのかわりほぼ十年くらいの間隔で撮った六枚の家族写真が並んでいる。私の叙勲や伊東が神社本庁の長老になった時や孫たちの入学とか、いずれも家族の節目節目の時の記念の写真である。家族は私たちにとって、何よりも大切な宝物だ。

この写真を見るたびに、私は何故か子供の頃父に連れられて行った江の島の海岸で、打ち寄せる波と戯れた時のような幸福感に充たされる。

若い頃はこんなに永く生きるとは思わなかったし、予想だにしない喜怒哀楽もさまざまに体験したが、振返ってみれば良い人生だったと思う。

戦いすんで日が暮れて、水平線の彼方に沈んで行く赤い夕日を眺めながら、いまは亡き両親や恩師や友人たち、そして私を支え続けてくれた家族たちのことを思い出す日々であり心境だ。

だが、もしかすると、私の人生は私自身が描いた物語ではなく、私の目に見えない神様がお書きになったシナリオを、私が必死になって舞台で演じてきたような気もする。

大根役者の私の演技を、神様ははたしてどのように御覧になられたであろうか。もちろんこれからも大根は大根なりに、一生懸命生きてゆく積りではあるのだが。

マイカー三昧《ざんまい》

令和二年、世界中が新型コロナウイルスで危急存亡の秋《とき》、コロナといえば新型肺炎のことしか思い浮かばないが、平時には太陽が月の蔭に隠れる皆既日食の際、黒い太陽の周辺に見られる光のことだ。

コロナで思い出すのは、私がたしか高校生の頃にあった北海道の礼文島の皆既日食で、東京では部分日食だったのだが、苦労して割れたガラス片を煙で燻《いぶ》して

待っていたら確かその日は雨降りでがっかりしたことがある。

翌朝の新聞を見たら、見事なコロナの写真がのっていた。それ以来道を歩いていてたまたま部分食を見たことはあるが、まともに観察をしたことはない。

もう一つコロナに関する思い出は昭和四十一年（一九六六）頃。生れて初めて買った〈コロナ〉というトヨタの小型車で、価格は七十万円位だったような気がする。デラックスは高くて買えずスタンダードにした。

喜び勇んで教習所へ通いレッスンを受けたのだが、或る日教習を終えて車を降りようとすると教官に呼びとめられた。

「前から気になっていたのですが、あなたは運転中に何か考えごとをしていらっしゃいませんか」

「さあ……」

言葉の意味を取りかねていると、

「あなたは御自分で車を運転なさるより、運転手をお雇いになった方がよろしいのではないでしょうか。テレビドラマの脚本や小説をお書きになるのは大変だと思いますので」

「……分りました」

素直すぎるとは思ったが、確かにハンドルを握っていても原稿の締切りが気になっていたのは事実だし、運転のセンスが無いこともうすうす気がついていたので、忠告を受け入れることにした。

それ以来、車の運転はすべて亭主の役割となり、私は心おきなく創作に没頭することができたのは、やはり良かったのではないかと思う。

この車は三年後に、新宿の明治通りでトラック二台と乗用車五台が絡む大事故に遭い、そのころ幼稚園に通っていた長女と私、それと同じ幼稚園のお友だちとお母さま、主人を含めて五人全滅の憂き目をみるところだったが、迫りくるトラックに気付いた伊東がとっさにハンドルを左に切ったお蔭で助かった。

事故の原因は反対車線で右折しようとしていた大型トラックにもう一台の大型

トラックが激しく追突したためで、前の車が撥ね飛ばされてうちのコロナにぶつかり、更に道路脇の細い電信柱をへし折った。

この時ちょうどコロナを買いかえるつもりで下取りに出していたが、その値段が二十数万円、事故の修理代の見積りがそれとほとんど同じだったので、事故を起した会社に下取り価格で引き取ってもらった。

それにしても、私が運転していなくて良かったとしみじみ思った。（やっぱり車は大きくて、頑丈でなければ駄目だ）ということで、伊東と相談してコロナから一クラス上のクラウンに変えた。もちろん価格も高かったが乗心地も上々で、私の定席である助手席で運転もできないくせに文句ばかり言っていた。

それで私は満足だったのだが、ある時自分でもちょっと度が過ぎることを言ったなと思ったとたん、彼が突然急ブレーキを踏んだ。体が前のめりになり思わず息を呑む。それが彼の無言の抵抗と覚《さと》ったので、それ以来アドバイスはなるべく短かくさり気なくするようにした。

その甲斐あってかどうかは分らないが、その後さしたる夫婦喧嘩もなく快適なドライブを楽しんでいたのだが、或る夏、箱根に遊びに行った時の帰りだ。

「乙女峠から御殿場回りで行こう、富士山の眺めが素晴しいそうだ」

と提案された。その日は稀にみる好天で、青空を背景にした日本一の秀麗な山の姿を思い浮かべ一も二もなく賛成した。

ところがそれから間もなく、思いもよらぬ出来事のために危うく命を失う破目に陥ることになるとは、二人とも夢にも思わなかった。

仙石原から芦ノ湖スカイラインの料金所を抜けて暫く行くとカーブの多い下り道になる。その日は対向車の数も少く、音楽を聴きながらのんびりと前方に移り変る景色を眺めていたら急に運転席の動きが変ったことに気がついた。

ブレーキを踏んだりハンドルを左右に必死で動かそうとしているようにも見える。

「どうしたの」

と聞いても返事もしない。それどころか車のスピードが増し、左の谷の方へと近付いて行くではないか。何故かハンドルもブレーキも効かなくなっているらしいのだ。

彼の顔に大量の汗が吹き出していた。

（駄目だ……）私は思わず目をつぶった。顔を両手で覆い、次なる衝撃に備えて体を石のように固くした。息を止めてその時を待ったが、変化は何も起らなかった。

恐る恐る目を開けてみると、車は崖の直前で止っており、彼は額の汗を拭いていた。

「ごめん、心配かけて」

「何があったの」

「坂道でエンジンを切ったのがいけなかった」

彼は再びエンジンをかけて走りだしたが、別に何んの異状も感じられなかった。彼もいつもの表情に戻っている。

その説明によると、今度買いかえた車はオートマチック車で前のコロナに比べるとギヤの切り換えが楽になったり、ハンドルやブレーキの操作も軽くなるなどの利点も多くなった。走行中にエンジンを切ると逆に危険だということも説明書で知ってはいた。

前のコロナはマニュアル車（変速装置が手動の車）であったので、坂道でエンジンを切っても途中でクラッチを踏んでギヤを入れさえすれば自動的にエンジンがかかる。それを利用してガソリンの節約をする癖が身についてしまったらしいのだ。

無意識のうちにエンジンを切った結果ハンドルとブレーキが効かないことが分り、慌てた。残された時間はあと僅か数秒だ。そのあいだに何んとか活路を見出さなければ……。彼は最後に思い切ってハンドルを渾身の力をふりしぼって右へ切った。すると車体が少し右方向に首を振ったような気がした。

それならばとブレーキをいつもの何倍もの力で踏むと反応し、やがて停止した。

「助かった」

口には出さなかったが、本当にほっとしたという。

「俺のことはともかく、女房を道づれにしなくて本当に良かった」

とも言ったが、これは本当かどうかは分らない。

その後、外車も含めて三台くらい車を代えたが、結局は国産車に戻り、今では四輪駆動のランドクルーザーに乗っている。

三十年くらい前たまたま愛知県豊田市の自動車工場から頼まれて講演に行ったのが、通称ランクルを製造する所だったのだ。

講演が終り、駅までそこの一番えらい方が運転手つきのランクルで送ってくださった。

ランクルを見たのは初めてだったが、今まで乗ってきた車にくらべると遥かに大きく頑丈そうであった。車内も広く座席数も多い。車高が小型バス並みに高いので窓からの眺めもいいし乗心地も最高だ。それに安全面から考えても申し分ない。

そんな話を隣りの席のトップの方にお話しすると大変喜ばれて、「もしお買い求めいただけるようなら、現在予約が半年待ちですが、すぐに納車するよう手配いたしますよ」とのことだった。

「お願いします」

という言葉が口許まで出かかったが、

「一応主人と相談いたしまして……」

ということでその場は終った。実際に運転するのは私ではなく伊東なのだし、車が大きくて嫌だといえばそれまでだ。

案ずるより産むが易しで、帰宅後この話をすると彼の方が私より余程ランクルについての知識が豊富で、購入に関しても積極的であった。多分私と同様、車の安全性についての意識は人一倍強かったからだろう。

ランクルは約束通り一週間くらいで我が家に到着した。心配していた運転も彼は難無く克服した。さすがにグライダーの自家用操縦士免許取得者だけのことはあると感心した。

娘や孫たちが、

「まるで戦車みたい」

と言ってくれたのも嬉しかった。何んといっても車は安心安全が第一だ。

私は一人っ子で子供の頃はいつも独りぼっちで寂しい思いをしてきた。結婚して子供を授かったおかげで、両親はすでに他界したが娘たち夫婦に孫が四人、皆んなスープの冷めない範囲に住んで互いに助け合って生活している。家族の団欒《だんらん》にもランクルは大きな役割を果してきた。

しかし最近、伊東は本気で免許証の返納を考えているらしい。女房が言うのもおこがましいが、彼は頭も体もまだしっかりしているし、数年前の免許証更新の際に受ける認知症検査のテストでも九十点以上の成績だったというからまだ大丈夫だと思うのだが、万一事故を起して人様《ひとさま》や家族に迷惑をかけたり、自分の経歴に瑕《きず》がつくことを虞《おそ》れて決心したらしい。

私も残念ではあるが、反対しないつもりだ。

「とみ」の思い出

生まれも育ちも東京の渋谷区の代々木八幡宮の宮司の一人娘として誕生し、成長した私の子供時代、周囲にいる人々はすべて神社の職員ばかり、年齢でいうと三十代から五十代の働き盛りであった。

幼年期の私には、周囲に同じ年頃の友達が居らず、父親から買ってもらった講談社の絵本を読むか、父親が当時、境内地《けいだいち》にあった剣道場で近隣の青年達に体を練《きた》えるべく神道無念流《しんとうむねんりゅう》とやらの剣道の稽古をつけていて、好奇心たっぷりにそれを見物しているかであった。

そこで父親は娘に、お前もやってみるかと子供用の剣道の道具類を買い与え、他の弟子の稽古の余暇に、面々胴《メンメンドウ》、籠手面胴《コテメンドウ》と教え込んだ。

父親としては、娘の健康のためであり、この際、ひっ込み思案の弱虫から脱却する何よりの訓練と思ったようだが、それを知った平岩家の祖父母が、女の子に何ということをさせる、怪我でもしたら取り返しがつかないと猛反対をして、結局、私は剣道場立ち入り禁止にされた。

そうした家庭内のトラブルに幼かった私はチビなりに反抗して家族と口をきかなくなった。結果、祖父母が気を使って、とにかく孫娘が喜ぶようなことをみつけて、機嫌直しをしなければ、それには良い友達をみつけてやるのが早道という話になったが、あいにく、周辺には適当な子供が見当らない。

そのうちに誰がいい出したのか、仔犬か、仔猫かを飼ったら喜ぶのではないかと提案があって、いや、猫はいけませんよ、神様にお供えする鮮魚をねらって野良猫が這《は》い込んだら、猫同士の奪い合いになる、その点、犬なら大丈夫、どこかに今年、生まれた仔犬が居ませんかね、一匹もらって、弓枝さんの遊び相手に出来るんじゃありませんか、そういえば、Kさんのお宅につい二、三か月前に仔犬が生まれたっていう話でしたよ。と、とんとん拍子に話が進んで、数日後、Kさんが御自身で気に入ったのを選びなさいと迎えに来て下さって、私は大喜びでKさんのお供をしてK家へ出かけて行った。

K家は代々木八幡宮の氏子の中でも指折りの名家であり、氏子総代の筆頭ともいうべき地位にあり、御当代は温厚篤実《おんこうとくじつ》をもって聞えた方であった。どの仔犬でも気に入ったのをおえらびなさい。せいぜい、可愛がってやって下さい。わたしもお宮へ参詣かたがた、ワンちゃんの顔をみに行きますよ、といわれて私はよちよちと近づいて来た一匹を抱き上げた。

柴犬で、両眼の上、左右の眉毛に当る部分の毛並が丸く生えていて、まるでお公卿《くげ》さんの眉のような感じに見えるのが愛らしい。見知らぬ女の子に初めて抱かれたにもかかわらず、もがきもせず、私がそっと頭を撫《な》でると気持よさそうに目を細めて私の手に頭をすりつけている。

お菓子とお茶を御馳走になってK家に暇《いとま》を告げる時、仔犬はK家ですでに決っていた「とみ」という名前と共に、私に抱かれて代々木八幡宮の宮司の住居へ移住する結果になった。

身贔屓《みびいき》ではなく、仔犬は私になついた。

名前を呼ぶとすぐ走って来るのに、他の誰が呼んでも知らん顔をしている。当然、仔犬の世話は私がすることになり、一人と一匹は一日中、一緒に暮し、境内地を走り廻ったりしていたが、参詣の方たちの迷惑になってはならないと宮司の配慮で社務所の中庭に犬小屋を設置し、周囲に取りはずしの出来る柵を設けて仔犬が自由に外へ出られないようにした。子供の私一人では手に余る犬の運動は犬好きの書生がひき受けたりして、なんとか周囲の顰蹙《ひんしゆく》をとりつくろっていた。

実際、「とみ」は賢い犬だったと思う。

間もなく、私は学齢期を迎えて、私の両親は、まず幼稚園へ入園させて集団生活になじませようと考えたが、あいにく近くにあった幼稚園はキリスト教の教会が経営するもので、神職の娘がキリスト教の幼稚園というのはそぐわないという者があったとかで、結局、歩いて行ける距離にある富谷尋常小学校の評判がよく、両親も是非にとそちらへ入学を希望し、私は無事に一年生となって毎日、元気よく通学していたが、困ったのは、幼稚園に行けなかった娘のために、父親が国語の読み方、書き方など初歩の勉強をせっせと教えてしまっていたことであった。

当時、多くの子供達は小学校に入学してから、教室で、国語、算数、歴史と先生から学んで行くのが普通で、アイウエオ、カキクケコ、一タス一ハ二、といった具合に教えられる多くが新鮮で学び甲斐《がい》があった筈なのに、私の場合、すでにそうした初歩の学問を父が教えてしまっていたので、教室での勉強が面白いと思えなくなった。

　毎日、ランドセルを背負って通学するのが馬鹿らしくてならなかったのか、今、思えば情ないというか、適当な言葉もみつからないが、勉強ぎらいの私がやってのけたのは、まず、受持の先生に一時間目が終ると、お腹が痛いと訴えたもので、先生はまさか生徒が仮病を使っているとは思われないので、とりあえず、では、おうちへお帰りなさい、と返事をなさる。得たりと私は教室を出て、そのまま自宅へ帰れば家族からこんな時間にどうしたととがめられるのが必定《ひつじょう》なので、学校と家との途中にある材木問屋の材木置場のかげに座り込んで、困ったなあと途方に暮れている。

　すると、何故、犬が、と今も不思議に思うのだが、我が家の飼犬の「とみ」が、まっしぐらに走って来て私の隣へ跳び乗って、まずおすわりをし、お手をし、ワンと吠えてみせる。私に寄り添って頭をすりつけ、心配そうに私の顔を眺め、舐《な》めたりもする。「とみ」がそこに居てくれるだけで私は安心して「とみ」の相手をして時間の経つのを待っている。

やがて、正午を知らせるサイレンの音が聞える。小学校の下校時間でもあった。なんとなく、私が立ち上り「とみ」も立ち上って、一人と一匹は迷うことなく、自宅である代々木八幡宮へ帰り出す。神社の石段の下まで一緒に来た「とみ」は、そこまで来ると、いきなり石段をかけ上って行く。

ここから先は目撃者の話だが、「とみ」は境内地へ出ると、そのまま、自分用の犬小屋へ入り、内側で体のむきを変えると、半身を小屋から出して、なんとも、よい声で啼《な》く。それを見た神社で働いている人々は、「とみ」が啼いているから弓枝さんが帰って来たようだと話し合っていると、私が石段を上って、「只今」と手を上げる。

この「とみ」と私の連携プレイは、間もなく、私の受持の先生が、たまたま神社に用事があって来られた際に話をされたのがきっかけで全部ばれたが、その時、我が家の人々がいったのは、

「犬までが、グルになっているので、わからなかった」

という慨嘆《がいたん》であったと、これは今でも思い出ばなしになっている。

この話には後日談があって、受持の先生から「とみ」と私のやりとりを作文にしてみたらと勧められ、出来上った見開き二ページほどのものが、ちょうど渋谷区が青少年向きの文集として発行していた小冊子に投稿という形で掲載された。

物事はとんとん拍子に行く時は行くものだそうで、小冊子に載った私のささやかな一文は、編集者から好評を得て最高点になり、私は受賞者として区役所へ呼ばれ、賞状と銅製の犬の置物を頂いた。

家族はもちろん、大喜びで、とりわけ祖父母は会う人ごとに孫自慢をし、この子は将来、作家になるかも知れないとあてにもならない夢をみるようになり、冷静に対処していた両親までが、娘は理数科系は全く駄目だが、文学のほうに自分の行く道をみつけるかも知れないなぞと話し合っていたらしい。

私が作家の道へ進んだのは「とみ」のおかげであったのかと、今ではあの世の

「とみ」に感謝している。

お供猫《ともねこ》〈花《ハナ》〉

私の生れた代々木八幡宮の周辺は、今でこそ高層ビルが立ち並び、近くの原宿は平日でも若者たちで賑わい、青山通りから明治神宮に通ずる神宮前通りの左右には海外の名店が軒を連ねて、さながらパリのシャンゼリゼを髣髴《ほうふつ》とさせる風情だが、つい五十年くらい前までは、車も人もまばらにしか通らない静かな通りだった。

それが一変したのは昭和三十九年（一九六四）に開催された東京オリンピック大会で、それ以降私たちの身の回りにも様々な変化が生じてきた。

新幹線が走り高速道路が造られ、下水道が整備されてトイレが水洗式になり、マイカーを持つ家も珍しくなくなった。横町の路地や電信柱への立小便が無くなったのもこの頃だったような気がする。つまりオリンピックをきっかけに、日本人が先進国の制度やマナーを意識するようになり、当時の経済発展がそれを後押ししたからだった。

うちの神社でも境内の一角から富士山が見えていたのに、次々と建つビルのために視界から消えた。良い点では、生れたばかりの子猫を四五匹ダンボールに入れて捨てて行く人が多くて困っていたのだが、先進国並みに動物愛護の精神や法律が広く浸透したせいか可成《かなり》減少した。

それでも捨て猫は皆無とはいかず、今でも二十匹くらいは居るようだが、昔と違うのは猫好きの人が餌やりに来たり、ボランティアの人が区の補助を得て避妊をしてくれるので、ほぼ一定の数で納まっている。

「お供猫《ともねこ》〈花《ハナ》〉」も実はその中の一匹で、お腹を空かせて私の家にやってきた雌《めす》猫だった。白地に所々黒の模様のある極く平凡な猫で、痩せぎすなのは野良猫ぐらしが長期に及んだからだろう。

私がこの猫を意識するようになったのは、或る日、外出から帰ってきた私の目に猫の姿がとびこんできた時だった。裏木戸の前でこちらに背を向けて坐っていた。その恰好がいかにも案内を乞う人のようで面白かった。

餌を欲しがっていると思った私が驚かさぬように近寄ろうとすると、一瞬でその姿は私の視界から消えた。彼女は驚くほど俊敏であった。

こんなことが何度かあり、木戸の内側に食べ残しの魚の骨を置いてやると、翌朝皿の上から小骨一つ残らず消えていた。

実はちょうどこの頃、家《うち》の周辺ではそれまでの木造家屋を取り壊してマンションや事務所にする所が増えてきて、多分そのせいだろうと思うのだが、鼠が天井裏を走り回ったり、台所に置いておいた野菜が齧られたりすることが多くなった。鼠取りの檻《おり》や薬を使ってみたが余り効果がなく、粘着シートは効果はあったが過《あやま》って足で踏んでしまい、その後始末に苦労するなど困りはてていた。

そこでふと思いついたのが、最近ちょくちょくやってくる猫ちゃんの手を借りることだった。早速伊東に頼んで餌付けをしてもらい、私は猫の屎尿《しにょう》の始末の道具や毛梳《す》きの櫛《くし》やブラシを買い揃えて待つことにした。

腹ぺこの筈だから、餌さえ見せれば簡単に家へ入るだろうと思っていたのだが、私の思惑は見事にはずれた。餌は食べるのだが、人が近付くと毛を逆立てて威嚇《いかく》する。頭を撫でようとすると鋭い爪で抵抗する。何年野良猫生活をしていたのか分らないが、とにかく感心するほど野性の本性丸出しの猫だった。

それでも数か月かけて漸《ようや》く家の中で食事をし屎尿をするようになったが、普通の猫と違い体には指一本触れさせなかった。

ほんとうにかわいげのない猫だったが、鼠をとることについては名人級で、たちまち五六匹を捕獲したためその功績を称えて、名前を〈花子〉通称ハナとつけてやった。家にはほかにシェパードで〈太郎〉という犬がいたので自然とそうなった。私たちが小学生の頃の国語の教科書に出てくる男の子と女の子の名前は、たいがい太郎と花子であったからだ。

太郎は図体の大きい割に臆病なのに、花子はまったくその逆なのが面白かった。鼠が〈ハナ〉のお蔭で居なくなった頃、以前から計画していたわが家の耐震工事が始まった。工期は半歳《とし》ほどだが、私は娘たち一家の住む近くのマンションに、伊東は勤めの関係から社務所の二階にある職舎に移動して、犬はそのまま庭の犬小屋に、猫は娘のところでも小犬を飼っていたので、伊東と行動を共にすることにした。

夫婦の別居は結婚以来三十年ぶりのことではあったが、場所はいずれも神社の敷地にあったのでお互いに然程《さほど》の不自由は感じなかった。たぶん一番の被害をこうむったのは太郎と花子だっただろう。太郎はデリケートで工事の騒音で食欲を失い、ハナは場所が変ったせいか数日間は夜になると一晩中鳴き通して伊東を困らせた。とすればこの工事で比較的影響を受けずに仕事ができたのは私だけだったかもしれない。

この頃、伊東は代々木八幡宮の宮司のほかに神社庁や女子大学の理事、刑務所の教誨師《きようかいし》などを務めていたので帰宅が夜の八時九時になることが多かった。神社の社務所は午後五時に閉められるので、それ以後は鍵がなければ中には入れない。

或る晩のこと、会議が長引いて帰宅した伊東が部屋に行くと、いつも留守番をしている筈の〈ハナ〉の姿が見えないことに気がついた。社務所中探したが何処《どこ》にも居ない。

そのうち気が付いたのは〈ハナ〉は外で遊んでいるうちに日が暮れて閉め出されたのかもしれないということであった。折から師走の風の冷たい夜で、あの寒がりの猫がと思うと、伊東は我れを忘れて外へ飛び出し猫の名前を呼んだ。

実はこの猫が寒がりだと伊東が知ったのは社務所の二階へ引越してからで、伊東はベッドに寝たが猫にはダンボールを用意して中にはタオルを数枚入れてやった。ところが最初のうちはおとなしくダンボールで寝ていた筈の〈ハナ〉が夜中に伊東がふと目を覚ますといつのまにか彼の足許にきて寝ていたそうだ。

ダンボールに戻すのも可哀想とそのままにしておいたら、朝になったら〈ハナ〉がベッドの真ん中に寝ていて、自分はベッドの片隅に押しやられ丸くなって寝ていたと可笑しそうに報告した。

「猫のせいで風邪でもひいたらどうするの」

と私は眉をひそめたが彼は、

「あの猫は気性が激しい割にはひどく寒がりらしいな」

そんなことがあったので、伊東は何んとしても行方不明の〈ハナ〉を探してやらねばと思ったようだ。しばらく一緒に寝ているうちに〈ハナ〉に対する彼の愛情がより深まったということか。

広い境内を時間をかけて隅《くま》なく探したが、結局猫の姿を見付けることはできなかった。半ば諦めかけた時、ふと思いついたのは境内の一角にある古代の住居跡であった。これは今から四千五百年ほど前の縄文時代中期の住居跡で、昭和二十五年に発見され復原されたもので、現在は渋谷区指定史跡となっている。

伊東は寒がりの猫のことだから、多分この中に居るに違いないと当りを付けて、フェンス越しに口笛を吹いてみた。すると暗い茅葺《かやぶ》きの古代住居の中から猫が一匹とび出してきた。〈ハナ〉だった。

それ以来、伊東と〈ハナ〉の間には不思議な関係ができあがった。彼が口笛を吹くと、何処からともなく〈ハナ〉が現われ、嬉しそうに彼の後ろについてくるようになった。

この関係は家の改修工事が終了したあとも続き、毎朝彼が社務に出勤するとき、

「ハナ、さあ行こう」

と声をかけると、それまで寝ていた〈ハナ〉がむっくりと起き上り、いそいそ

と宮司の横を小走りに付いて行く。帰る時に口笛を吹くと〈ハナ〉がまた小犬のように駈けてきて、白衣に白袴姿の宮司に付かず離れず従って帰宅するのだ。

その姿が可愛いのと珍しいのとで話題になり、〈ハナ〉は宮司さんのお供猫と呼ばれ、わざわざその姿を見ようと神社にやってくる人も居たようだ。〈ハナ〉は〈ハナ〉で、こうして日中は野良での生活と夜は家での安息の時を楽しんでいた。

私たちは〈ハナ〉が野良猫だったので、正確な彼女の年齢を知らなかった。しかしかなりの年であることは推測できた。

〈ハナ〉がわが家に来てから十年ほど経過した頃、何んの前触れもなく彼女の姿が消えた。二日たっても三日たっても帰ってこない。猫は死ぬとき黙って姿を消すと聞いていたので、心配した伊東はまた境内を探しはじめ、この時は家から然程遠くない崖の途中の草むらの中にうずくまる彼女を発見し、わが子を抱きかかえるようにして戻ってきた。

よく見ると体力が衰えているせいか毛の中には無数の蚤《のみ》の卵が生み付けられており、伊東は幾日もかけてそれ等を取り除いた。そのせいか〈ハナ〉はふたたび餌を食べるようになった。

それから間もなく東日本大震災があり、その年の暮、今度は伊東が体調を崩して入院し、病院での生活は一か月半にも及んだ。病名は腎不全であった。〈ハナ〉はほとんど外出もせず、ひたすらご主人の帰りを待っていた。だが本当は昼も夜も食事をする以外は寝ていたと表現するほうがいいだろう。〈ハナ〉も年寄りになっていたのだ。

伊東が退院した日の〈ハナ〉はご主人の気配を感じたのかむっくりと首を起こし、近くの椅子に腰かけた伊東の足許によろよろと歩いて行き、『抱っこして……』とでもいうように伸び上がって膝に前脚を掛けた。

「そうか、そうか」

そっと抱き上げ頬ずりすると、安心したのか膝の上で丸くなって目を閉じた。

「やっぱり帰りを待っていたのねえ」

「うん、また逢えてよかった……」

神社では正月の松飾りも取れ、拝殿前の初詣での行列もかなり短かくなっていた。

〈ハナ〉は一週間ほど宮司の膝に乗せてとせがんでいたが、そのうちふっと姿を消して帰らなかった。今度はいくら探しても〈ハナ〉は見付からなかった。

冬の夜空は空気が澄んで、星の瞬きが美しかった。

「ハナはどの星になったのかしら」

「月で兎と遊んでいるんじゃないか」

その月は少し欠けてはいたが、境内の木立の透き間から明るく光り輝いて見えた。

丑《うし》の刻《こく》まいり

東京渋谷区の代々木八幡宮は、山手通りに面した石段を四十段ほど登った高台にあって、およそ四千坪の境内には樹木が生い茂り、此処《ここ》が東京かと疑いたくなるような風情であった。

神社の創建は今から八百十年程前の鎌倉初期だが、境内の中程にある古代住居跡遺蹟は縄文中期のもので、出土する土器の中には一万年位前のものもあるそうなので、太古の時代から人が住んでいたことが分かる。

北側に立つ本殿から延びる参道の東には樹齢三百年程の松や銀杏《いちょう》の木があって、この木の上から東京湾が見えたと聞いたことがある。

このような直径一メートル以上の木が、私の子供の頃は十本以上あったが、今では半分くらいが姿を消した。原因は昔はまわりに高いビルが皆無でよく雷がおちたせいと、戦後は山手通りの交通量が増えて大気汚染が一時期ひどくなったせいだろう。

〈丑《うし》の刻《こく》まいり〉という古い呪いをする人の姿を見たのは、この巨木たちがすべて健在だった頃のことだ。小学校三年生くらいだったと思う。

或る夜、熟睡していた私は近くのただならぬ気配で目を覚ました。横の布団に寝ていた父の傍でその夜当直だった職員が何か小声で報告しているようだが、その声はかなり緊張していた。

父は寝巻のまま職員と共に外へ飛び出して行った。母の制止を振り切って私も父の後を追った。こういう時の私は好奇心の固《かた》まりで、どうしても自分を抑えきれなかった。

父が向かった先は、本殿のすぐ傍にある三つのお末社の前に立つ古い椎の木で、私はその前近くの玉垣のかげに身を潜めて様子を窺《うかが》った。この椎の木の根本には小さな洞《うろ》があってそこにただならぬ姿の女が立っていた。

薄暗い外燈の明りではよく見えなかったが、白い浴衣《ゆかた》姿で手には金槌のような物を持っており着物はぐっしょり濡れているようだった。何より不気味だったのは頭に着けた蠟燭《ろうそく》の光にゆらめく女の能面のような顔で、私はその後しばらくはその姿を夢に見てうなされた。

父は女を社務所に連れて行き、怪我の手当てをした。口にくわえた剃刀《かみそり》で切ったものか、顔が血だらけだったのだ。

少し落着いたところで父は女に事情を尋ねた。女は近くの氏子さんの家のお嫁さんで、お姑さんとの折合いが悪く悩み抜いた挙句、遂に〈丑の刻まいり〉を実行するに至った。

〈丑の刻まいり〉を解説しておくと、人に恨みを持つ者がその相手に対して呪いをかけて復讐するための方法で、夜中の丑の刻（午前二時頃）に神社の御神木に人の形をした藁《わら》人形を五寸釘で打ちつけて祈ることによって満願の七日目には相手が死に至るか、釘を打ったその部分が傷つくというもので、かなり古い時代から行われてきたらしい。そういう人が私の子供の頃の昭和初期にはまだいくらかは存在したのだ。

当時は俗信や迷信を信じる人がまだ多かったし、嫁と姑との力関係も圧倒的に姑のほうが優位だった。法律的にも嫁は不利だった。したがって嫁いびりも結構多かった。

父はかなりの時間をかけてお嫁さんを慰めたり説得したりして、夜明け近くに嫁ぎ先の家に送って行った。

私はその一部始終を父のうしろで聴いていた。夜中だというのに少しも眠くなかった。神社では毎月のように結婚式が行われ、奇麗な花嫁衣裳で着飾り仕合せそうなお嫁さんが、一歩間違えば彼女のように鬼のような姿で人を憎み自分を傷つけるという人間の深い悲しみに、幼いながら強く胸を打たれた。

この事件は父がその家に何度か足をはこんで、どうやら円《まる》く納まったようだったが、結局は離婚してしまったと後で知った。

実は嫁いびりは他人事ではなく、私の家でも行われていたことだった。

当時の平岩家は宮司だった祖父が引退して裏の隠居所に住んで居たが、まだ一家の長としての立場は失われていなかった。ただ祖父が板橋の町役場の収入役から神主に転じた人だったのに対し、父は近くの鳩森八幡神社の長男で神職としての修行は祖父よりもかなり積んでいたので、祖父は養子の父には一目置いていたようだ。

ところが祖母の方は葛飾の大きな瓦屋の娘で乳母日傘《おんばひがさ》で甘やかされ、嫁に行きそびれて祖父の後妻になったという人で、悪い人ではないがかなり我儘《わがまま》な性格だった。おまけに祖父は気持のやさしい人で、祖母には文句も言えず、言い成りになっていた。我が家は祖父母と両親、それに私の五人家族であったが、そのほかに住み込みのお手伝いさんが二人、書生さんと呼ばれていた神職見習いの青年が二人、それに集金や掃除など雑用をする爺やが二人と、かなりの大所帯であった。

神社には総代さんや世話人さん、父が神道無念流の有段者だったので剣道を習いにくる警察官や神職仲間など来客が多く、母の仕事は朝から晩まで多忙を極めていたが、祖母は隠居所で勝手気儘に振舞い、何か気に入らない事があるとお手伝いさんを通して父や母を部屋に呼びつけて小言《こごと》や嫌みをいったりする。

ただ祖父も祖母も私にだけは優しかった。それも度が過ぎた可愛がりようで、四季を通じて着るものや食べものにいちいち干渉した。

「お前は平岩家の大事な跡取りなんだから……」が口癖で、私はお菓子や玩具を買って貰うのは嬉しいが本当はそれ以上に迷惑な気持の方が多かったような気がする。それよりも一番嫌だったのは、私のことで父や母が祖父母に叱られることだった。

小学一年生の夏休みのことだ。父が海水浴に連れて行ってくれた。祖母は危いから止せと反対したが、それを押し切って出掛けた。年寄り達に溺愛され、娘がひ弱になるのを心配していたからである。

なにしろ運動会の徒競走でうちの祖母は、

「いいかい、ヨーイ・ドンと鳴ったら、一歩引いてから走るんだよ。そうすれば他の子に突き飛ばされたり転んだりしないからね」

当然のことながら、最愛の孫娘はビリで泣きそうだったが祖母たちは怪我をしなかったと大喜びした。

そんな状態なので、この日父は娘に大サービスをしてくれた。娘も最初は次から次と打ち寄せる浪《なみ》を怖がったが次第に慣れて、真新しい浮輪の中ではしゃぎ、父も上機嫌だった。お土産に今夜の味噌汁の具にアサリを買い、帰路にはミルク・コーヒーも飲ませてもらって、二人とも意気揚揚と帰宅したのだが、その晩夜中に私は気持が悪くなり、吐いたり下したりした上に高熱を発して苦しんだ。真夜中ではあったが、父が近所のお医者さんを叩き起こして診察を請うた。その頃は今と違って、夜中であろうと医師は往診してくれた。診断の結果は〈疫《えき》痢《り》〉だった。

〈疫痢〉と聞いて家族は一瞬息を呑んだ。この時代、幼児がかかる病気として最も恐れられていたのが、疫痢であった。食物などに付着した赤痢菌によるもので、死亡率が高いことで知られていた。

「お宮の跡取り娘なので何んとか助けて……」

声を震わせる両親に、若い石島という医師は、

「法律では避《ひ》病院（伝染病院）へ入れるべきですが、それでは助かる可能性が低い。うちの病院で最善を尽してみましょう」

この医師は大学の医学部を卒業したあと、当時世界の医学をリードしていたド

イツに留学して細菌学を学び、最近帰国して開業したばかりだった。

医師は病院の二階の病室を完全隔離して治療に当ってくださり、私は奇跡的に死の淵《ふち》から蘇えることができた。

後になって石島先生は、

「あの時、もしお宮の大切なお嬢さんに死なれてしまったら、開業したばかりの病院を畳んで逃げださなければならないと思って必死だったよ」

と述懐された。

この疫痢事件の結果、平岩家の私に対する教育方針が大きく変ることになった。爺ちゃん婆ちゃんが孫娘を猫かわいがりに甘やかして、かえってひ弱にしてしまったという反省からもっと強く活発な子に育てなければということで、父は祖母には言わずに私に自分の得意な剣道を教えるようになり、子供用の稽古道具を揃えて、毎朝「メンメン、ドウ」と大声で竹刀《しない》を振らせるようになった。

また、わが家の女帝のように振る舞っていた祖母が、この頃何かの理由で機嫌を害して私の母に八つ当りをして、火鉢に入れようと運んできた炭火を引っ繰り返し、危うく火事になりそうになったことがあった。家中の者から非難の眼が向けられたが、当人はいつものようにふて腐れて反省の色もなかった。

こういう時、祖父は一言も妻を叱ろうとしなかった。

その一部始終を見ていた私は突然祖母の前に立ちはだかって、

「それは婆ちゃんが悪い、謝りなさい」

と言って、その場に居た人たちを驚かせた。それまでの私は大人しい好《よ》い児で、何事にも引っ込み思案だったからだ。中でも一番驚いたのは祖母で、暫く私を見詰めたまま動かなかった。

前から祖母の暴君的な態度が気に食わなかった。それが例の〈丑の刻まいり〉のお嫁さんのような悲惨な例を見たことで、〈疫痢〉の時に自覚した、自分がこの神社の跡取りで心身ともに強くなくてはいけないという思いが、急に昂《たかぶ》ってきたのかもしれない。

とにかくこの頃から、私は変ってきたような気がする。しっかりと物を見詰め、発言するようになった。

書生の光《みつ》ちゃん

私の子供の頃、昭和初期には神社には姉《ねえ》や・爺《じい》や・書生などさまざまな使用人が働いていた。名称はその後時代とともに変化して、姉やは女中さん・お手伝いさん・ヘルパーさんと変化し、爺やは居なくなり、書生は実習生となった。
古い方の呼びかたは明治大正頃に使われたもので、その当時は仕立て下ろしの衣服のように魅力的であったが、次第に古びてくると新しい名前に変えたくなる。

そこで登場するのが昔大奥に仕えていた女性や英語の名称を借りることだった。

東京の神社で書生が実習生に変った理由は或る事情があった。

戦争末期、東京は米軍機の空襲で半分近くが焼野原となり、終戦後も食料事情はまだ最悪で、神職を養成する神道学科のある國學院大學に入学志望の地方の学生さんは下宿や食事のことでとても困った。

そこで神社界では知恵をしぼって〈実習生〉という制度を編み出した。つまり学生は昼間は神社に奉職して神職の実務を習い、夜は大学の夜間部で学科や祭式を学ぶ。そのかわり神社側では給料の代りに食と住と授業料とお小遣い程度の現金を支給するというものだった。

この制度は学生やその親にとっても、また人手不足に悩む神社にとっても好都合で、七十数年後の今日まで続いている。

題名の〈書生の光ちゃん〉であるが、彼が代々木八幡宮にやってきたのは昭和五十六年（一九八一）頃と思うので、本来ならば実習生のはずなのに書生と呼ばれていたのは、彼が神職志望ではなく、高校を卒業して就活のために東京の叔父を頼って上京したが、叔父の家には居候を置く余裕はなく、普段から親しくしている私の父、代々木八幡宮の宮司に頼んで職が見付かるまでお宮の手伝いをすることで置いてもらうことになったからだ。

ちなみにこの叔父さんという人は神社に隣接する区民会館の管理人をしていて、父の飲み友達でもあった。

光ちゃんは高校を出たばかりで、叔父さんに連れられ学生服でやってきた。

「よろしくお願いします」

無骨で飾りけのない態度で父に挨拶する姿は、たまたま通りがかりにではあったが、私の目には好ましく見えた。

神社には神主が三人と実習生が二人居て、宮司以外は三階建ての社務所の二階に住んでいたが、光ちゃんは自分から希望して社務所から少し離れた所にあるお札所《ふだしょ》を住居にした。

其処《そこ》は秋の例大祭や暮や正月の混雑時だけに開く四、五坪の小さな建物でトイレもキッチンも無かった。

「冬は寒いわよ」

と母は心配したが、

「お願いします……」

手を合わせるので、それほど望むのであればということになった。ちょうど宿直用の蒲団も用意されていたのも彼に幸いした。

神社の朝は早い。

一年を通して朝は五時に起床し、男たちは五時半に本殿で朝の掃除と神拝行事を行い大祓詞《おおはらえのことば》を奏上して境内の掃除をする。その間に母とその姪の啓子ちゃんが朝食の用意をする。社務所を開けるのは昔から午前九時、閉めるのが午後五時と決っていた。

光ちゃんは朝の神拝行事には参加しないが、その代り戦前に爺やがやっていた

社務所や境内の掃除や下働きなどをやっていた。最初は就職口が見付かるまでと
いうことだったが、いつの間にか神社に腰を落ち着けてしまった。

そんな頃の或る日、参道の落葉を掃く姿を見かけ声をかけてみた。

「ご苦労さま、秋はたいへんね」

「春もたいへんだ」

「お生れはどちら」

「奄美大島」

木で鼻を括るような返事だがその後の会話も訛りのせいか、訥訥《とつとつ》とした話し方
のせいか判らないが、内容はほとんど理解できなかった。

「あんた、ここのお宮の人か」

「そう……」私は次の言葉を呑み込んだ。そんな言い方はないだろう。

彼の身上調査は残念ながら中断せざるを得なかった。就職先が決まらないのも、
ぽつんと離れたお札所に住みたがる理由も分るような気がした。

あとで実習生から聞いた話では、彼は普段は非常に温和《おとな》しいが、酒を飲むとまるで人が変ったように大声で歌いだすのだそうだ。その歌は決まって石原裕次郎の〈嵐を呼ぶ男〉で、その時の目は生き生きと輝き、とても楽しそうだったという。

また或るとき別の実習生がささいな事で宮司と衝突して神社を飛び出したまま帰ってこなくなった。心配して学校に問合せると、授業には出ているという。しかし新しい住所の届けはなかった。この実習生は翌年三月には卒業して神職の資格を取り、全国的にも有名な神社に奉職することを希望していた。

ところが実習神社の宮司の推薦状がないと受験することすら覚束《おぼつか》ない。もちろん宮司もそんなことを望んではおらず、一日も早く顔を見せて欲しいと願っていたのだ……。

皆が心配している最中、外回りの仕事に出ていた光ちゃんが神社から一キロほど離れた町で、偶然実習生を発見して声をかけた。

「皆あんたのこと心配してる、一緒に帰ろ」

「嫌だ」

彼は光ちゃんの手を振り解《ほど》いて走り去った。しかし光ちゃんはその後何度も実習生を訪ねて説得を試みた。光ちゃんはいつの間にか実習生が友達の下宿に居ることを突き止めていた。そして他の実習生には、

「あいつは意地っ張りで、戻りたくても戻れないんだ。このままじゃあとで一生後悔するぞ」

と、まるで自分の弟のことのように熱心に語っていたという。結局彼は説得を続け、実習生は宮司に謝罪し、一件落着となった。

この話を聞いたとき、私はあの時ほんの一瞬ではあったが、彼を疎《うと》んじたことを後悔した。

実習生が無事大学を卒業し、希望する神社への奉職も決って八幡宮を去る日の前夜、職員達は恒例の送別会を近所のレストランで開いた。

実習生が宮司さんを始め皆に感謝の言葉を述べる中で、光ちゃんが自分の短慮を諫めてくれたおかげで救われたと話すと、一斉に拍手が沸き上がった。その晩の光ちゃんの〈嵐を呼ぶ男〉の歌声は特に長く大きかったという。

私はその後仕事に追われ、神社にもあまり顔を出さなかったのだが、気がつくと光ちゃんはいつの間にか通称〈箱番《はこばん》〉と呼ばれるお札所から消えていた。

「光ちゃんはどうしたの」

母に尋ねると、

「最初は保険会社に勤めたけれど、もっと恵まれない人の役に立つ仕事がしたいといって別の会社にかわったみたいよ」

「何ていう会社」

「さあ、英語で何とか言う会社だったけど」

要領を得ないので、隣りの区民会館に勤める彼の叔父さんに聞くと、

「私もくわしいことは知らないけれど、アフリカの貧しい人たちを助ける仕事を

するNPO法人（非営利組織）だったねえ。あいつの家は子供が多くて貧しかったから、もっと稼ぎのいい会社に行けばいいと思うのだがねえ」

それから何年か時が過ぎ、光ちゃんの記憶も薄れかけた頃、光ちゃんがひょっくり神社を訪ねてきた。

娘が電話で知らせてきたので、とりあえず仕事を中断して社務所に行ってみた。彼はNPOの制服なのかボーイスカウトのような格好で態度も言葉使いも見違えるようにしっかりしていた。しかも若い女性を同伴していた。

「私の奥さんです」

相変らず言葉数は少いが、訛りもほとんど気にならなかった。彼女は同じNPOの職員で、いわゆる職場結婚だったという。

色の白い丸ぽちゃで明るい感じの女性だった。落着いた動作やしゃべり方から、彼女の方が二つ三つ年上かもしれないと思った。彼が前よりも明るい感じになったのは、恐らく彼女の影響だろうと勝手に推測した。

光ちゃんは仕合せそうだった。

「此処はぼくの第二の故郷《ふるさと》だから」

その言葉通り、九月の例大祭には夫婦でお宮の手伝いに来てくれるようになった。これも彼女の進言だったような気がする。

彼等は男女二人の子供に恵まれた。光ちゃんはアフリカで井戸を掘ったり、奥さんは貧しい恵まれない人々に食料や医薬品を届けたりする仕事に誇りを持ち、更に楽しそうにやっていた。

或る年の例大祭に光ちゃん夫婦は姿を現わさなかった。

「光ちゃんたちは」

年嵩《としかさ》の職員に尋ねると、

「奥さんが自動車事故で亡くなられたみたいですよ、アフリカで」

声をひそめて言った。お祭りの最中なので周囲を憚《はば》かったのだ。私は一瞬言葉を失った。

「何でそんなことに……」

あとで判ったことだが、娘さんが現地の人と結婚してアフリカで暮していたが、妊娠して出産の手伝に奥さんは急遽《きゆうきよ》現地に赴いた。

出産は無事に済み、初孫の顔を見た喜びと強い緊張から解放された安堵感から、大好きな野生動物の観光ツアーに参加したのだが、たまたま虫の居所が悪かった象に襲われてジープが引っ繰り返され、そのはずみで打ち所が悪かったのか死亡されたのだそうだ。

インド象にくらべるとアフリカ象は体も大きく気性も荒いと聞いていたし、私がアフリカに行った時もドライバーはライオンの傍には寄っても、象にはかなりの距離をとって近付こうとしなかった。象は足もかなり速い。

多分その時のドライバーは、大きなブッシュかバオバブの巨木のせいで象の位置を見落したのだろう。不運としか言いようがない。

そのショックは光ちゃんや御家族にとってていかばかりであったろう。光ちゃんはほどほどにしていたお酒をまた飲みはじめているということだった。

その後しばらくして入ってきた情報では、光ちゃんはアフリカで奥さんの墓をたて、その石に奥さんの名前を彫っているという。不器用だが純粋な彼のことだから、愛する妻のためにはそのくらいのことはやるかもしれない。

その次に入って来た情報は更に驚くべきものだった。彼は数か月ほどかけて字を彫り続けていたが、完成したその日お墓を抱くようにして息絶えていたという。近くの住民の話では、彼は文字を刻むあいだじゅう日本語の歌を大声で歌っていたそうだ。

その話を聞いた日の夜、そっと〈箱番〉の前に立って、美しいアフリカの星空を思い浮かべながら、彼の冥福を祈った。私の耳にははっきりと彼のあの歌声が聞こえていた。

親友、あこちゃんのこと

第二次世界大戦の最中は母の故郷の福井に疎開させられていた私が終戦によって我が家へ戻って来た頃、東京は、めざましい勢いで復活していた。芸能界もその一例で、歌舞伎や新派などの演劇が華やかに幕開けすると、素人が歌舞音曲に熱中して、日本舞踊や、能、狂言などの稽古をするのが増えた。

私が「あこちゃん」と親しくなったのは近所に西川流、花柳《はなやぎ》流、尾上《おのえ》流など日本舞踊の家元級の方々が居住して華々《はなばな》しい活躍を始めていて、私もその中の一人のお師匠さんのところへ稽古に通い出して同じ弟子仲間になった故《ゆえ》で、あこちゃんとは、そこで知り合った。実はあこちゃんはK銀行の頭取のお嬢さんであったが下町娘のような気取らないざっくばらんな人柄だったので忽《たちま》ち、意気投合した。

一緒に稽古に通い、なんでも話し合える間柄になって、或る時、あこちゃんが私に訊いた。あなた、将来、日本舞踊の名取（師範）になるつもりか、もし、お師匠さんになる気ならば、それは考えたほうがいい、何故ならあなたは踊りの振り事をおぼえるのも早いが、忘れるのも早い。「手習子《てならいこ》」を習って、あっという間に手順をおぼえる。けれども、次に「子守」を習い出すと「手習子」のほうは、きれいさっぱりと忘れる。それではお師匠さんとして弟子に教えることは不可能だから止めたほうがよいと思う。

私が反論しなかったのは、彼女のいう通りであったからで、私が絶句していると、あこちゃんは人のいい顔で、あなた、他に何か、やりたいことはないの、と訊いた。仕方がないので私は本当は作家になりたいと思っていると口に出した。彼女は私のとてつもない返事に少々、途惑った様子だったが、この時は、思い当ることがないでもないので後から電話をするといって、そそくさと別れて行った。

そのまま、我が家へ帰って来ると間もなく、彼女から電話があった。明日の何時頃、日比谷にあるこれこれというビルの一階に、これこれという名前の喫茶店があるので、なるべく、きちんとした恰好で来て欲しい。万事はその時に、といって電話を切ってしまった。彼女の口調はきっぱりしすぎていて、こちらは口をはさむ余地がなかったが、どっちみち、将来は何かしなければならないことには違いなかったので、いわれた通りに翌日、出かけて行った。

喫茶店は、カウンターを中心に客席がけっこう広く、ぐるりと見廻しているとカウンターのところから手を上げて合図しているのがあこちゃんであった。カウンターを取り巻く椅子席の一つに坐って片手でおいでおいでをしている。

傍《そば》へ行って椅子席を見て驚いた。円型の椅子には背もたれも肘掛けもない。あこちゃんは上背があり脚も長いから容易に腰かけられたのであろうが、こちらは高い丸椅子の上によじのぼるといった恰好で、なんとか席につき、やれやれと思った時にあこちゃんが手を上げて呼んだのが私ではなくて、きちんと背広を着て、洒落《しやれ》たネクタイを結んでいる紳士とわかった。

ややあとあこちゃんに近づき、あこちゃんが中腰になって挨拶をしている。どうやら、相手はM新聞にかかわり合いのある人らしい。

あこちゃんが私にいった。

「あなた、動物は嫌いじゃないでしょう」

突然だったので私の返事が遅れた。

「動物って……その……犬、猿、雉子《きじ》」

「いやだ。桃太郎の鬼征伐じゃあるまいし……」

笑っているのはあこちゃんで、私のほうは狼狽して、

「ごめんなさい」

と頭を下げた。

あこちゃんが伴って来た紳士は笑わなかった。

「動物好きにもいろいろあるから……」

いいかけたのをあこちゃんが遮った。

「犬や猫なら、飼っている人は多いですけれど、実際に世話をすることになったら、けっこう手間がかかるから……動物を見たければ動物園へ行けばいいわけだし……」

「動物園では、どの動物から見て歩きますか……この節は外国から日本人には珍しい動物が輸入されたりしますが、やはり、動物は自然の中にあるもので……」

私がそう紳士に話しかけると、

「かわいそうだと思わないんですかね」

あこちゃんが慨嘆した。

「犬をつないで飼っている人の気が知れないわ」

「庭の広い家ならよいというけど、やはり限られているでしょう。猫にせよ、犬にせよ、どんなに飼主が大事にしてやっても野生動物のように、のびのびと自由に、とは行かないわ」

私はあわてて話を動物に戻す。すると、

「動物園に飼われている動物には限界があるでしょう」

そう言ってそれまで黙っていた紳士が窓のむこうの空を見上げた。

「人間が出かけて行くのですよ。但し、アフリカ等の動物保護地区は完全に守られねばならない。動物も人も、のびのびと大地の上で、大空の下で生きる。そういう土地を旅してみたいと思っています」

その人の言葉に釣られて、あこちゃんも私も、窓から見える僅かばかりの空を覗いた。都会のビルの谷間から眺められる空は、せま苦しげで、我々の他には注目する人もいない。

「東アフリカという地名を御存知ですか。大草原が広がり、さまざまの野生動物が生息しています」

あこちゃんが嬉しそうに応じた。

「動物は大好き。小学校の頃はよく動物園に遊びに行きましたけど、柵の中に入れられている動物って、なんだか、かわいそうになってしまって……」

「その通りですよ。もともと野生である動物を囲いの中に入れて飼うというのは人間の勝手で……しかし、動物の研究をする者にとっては欠くべからざる作業の一つですから……」

この時の会話は、そんな程度のものであった。それよりも私が気になったのは注文したソフトクリームで、室温でとけ出したのを急いで食べるのに熱中する余り、その紳士とあこちゃんの会話には上の空であった。

しばらくしてあこちゃんと一緒に来た紳士が、まだ仕事が残っているのでと断って一度席を立った。私達二人は丁寧にお辞儀をして見送った。

レジへ行って支払いをしようとすると女店員が、もう、あちら様がおすませですから御心配なくという返事で、女店員と話をして来たあこちゃんが少しばかり首をすくめるような恰好で私に告げた。

「あちらは父のお友達なの。戸川幸夫先生とおっしゃって有名な動物文学作家、つい先頃、直木賞を受賞された大作家ですよ」

耳許でささやかれて私は緊張した。そうした私を見てあこちゃんが軽く手を振った。

「大丈夫よ、父があなたのことをちゃんと先生にお話しておいたそうだから、先生にお訊きしたいことがあるなら、この際、なんでもあたしから申し上げてみるから」

固くなっている私に目くばせをして、あこちゃんが席に戻って来た戸川先生に素早く近づいた。彼女が丁寧に挨拶をして何やら訴えるような感じで話している恰好は、どう見ても文学志望の娘が、新進作家に弟子入りを強要しているように見える。
最初、困ったような表情であった戸川先生があこちゃんと私を等分に眺めて、
それでは、書かれた作品があれば拝見しましょう。その上で何かお役に立つこと
があればこちらへ連絡して然るべく配慮するというのではいけませんか、とおっ
しゃったとたんにあこちゃんが叫んだ。
「有難うございます。何分、よろしくお願い申します」
傍にいる私へ言った。
「よかった。先生が引き受けて下さったから、安心して、しっかり勉強してね。
道は遠くても、ひたすら精進すれば、必ず目的は達せられるっていうでしょう。
あなたにはその力があると私は信じて待っているから……」
戸川先生が、あっけにとられたように、あこちゃんと私を眺めて言った。
「待ちなさい」
——どっちが作家になりたい娘さんですか。

咄嗟に返事が出来ないあこちゃんと私が揃って同時にお辞儀をした。

「あ、すみません。こちらが平岩弓枝さんです」

「何分、よろしくお願い申します」

二人が顔を上げた時、すでに戸川先生は目の前には居なかった。

直木賞受賞の頃

九十年近い人生を振り返り、一番大きな転機となったのは昭和三十四年七月二十一日に受賞した直木賞であったと思う。

その頃の私は、たしかに作家を目指して修行中の身ではあったが、直木賞などという大きな賞は遠い遠い雲の上の存在で、正直なところ夢にも見たことがなかった。

戸川幸夫先生のもとで小説の書き方を一から教わり、最初に取り組んだのが売春防止法で、「女の法案」という題名で書き始め、戸川先生の紹介で法案の積極的な推進者であった神近市子《かみちかいちこ》さんに取材したり、台東区千束《せんぞく》の吉原へは独りでは恐いので、親友のあこちゃん同伴で出掛けたのまではよかったが、途中から女衒《ぜげん》らしい男に付き纏《まと》われて這々《ほうほう》の体《てい》で逃げだしたり、戸川先生からは九回も書き直しを命ぜられるなど、結果は散々だった。二作目は、身近なものを題材にするように命じられて書き上げたのが「つんぼ」で、これは祖母のちょっと変った性格や生き方を描写したのだが、この方が第一作より評判がよかった。

そして次に書いたのが「鏨師《たがねし》」だった。

この作品は昭和三十三年十二月の末に脱稿したもので、この年の三月十五日に私は戸川先生の勧めで、先生が師事する長谷川伸先生の許《もと》で創作の勉強をすることになった。

長谷川邸は港区二本榎《にほんえのき》（現・港区白金台）に在り、毎月十五日が小説の新鷹会、二十六日が戯曲の研究をする二十六日会ときまっていて、当日は奥の座敷二間《ふたま》のあいだの襖《ふすま》を取り払い、中央にたたみ一枚ほどもある大きな机を置き、そこで会員が持参した自作を読み上げる。他の会員は机を囲むような形で朗読に耳を澄ませ、その日の当番の進行で発言し感想を述べる。中にはかなり辛辣《しんらつ》な批評もあって、それを受ける方のショックは並大抵のものではない。

しかし最後に発言される長谷川先生の提言は、作品の何処《どこ》に欠陥があり、どうすれば改善するか、また何を勉強すれば良いかまで教えてくださるので、正に地獄に仏の思いでほっとする。

良い作品が読まれた時は、誰からともなく拍手が起こり、やがて全会一致の拍手喝采となって作者を称讃することになる。

十五日の新鷹会からはそれまでに九名の直木賞作家を輩出していたが、いずれもこの大喝采を受けたと聞いていた。

「鬘師」の場合は、残念ながらこの喝采を享受することが出来なかった。その理由は、新鷹会の機関誌である「大衆文芸」の当時の編集長だった島源四郎《しまげんしろう》氏の依頼で、例会での朗読を省略して雑誌に掲載することになったからだ。

後になって知ったことだが、編集長は何とか次期直木賞の審査会に間に合わせるためには、そうせざるを得なかったのだそうだ。因《ちな》みにこの小説のテーマである無銘の刀に著名な刀工の銘を切って価値を高める贋作の鏨師と、優れた刀剣鑑定家とのあいだで起こる腕と真実をめぐる葛藤《かっとう》と家族の絆の強さなどについては、私の父が刀剣の鑑定を趣味にしていたことから、たまたま仕入れることになった材料だった。

「鏨師」は三作目の短篇だし、勉強会での評価も受けずに雑誌に載ったものだったので、作品が直木賞の候補になったことは認識していたが、受賞については全くといっていいほど期待していなかった。

新鷹会の先輩たちからも、

「一回目の候補で受賞というのは仲々むずかしい。池波《いけなみ》(正太郎《しょうたろう》)君でさえ何回も候補になっていながら、まだ取れないのだから、君も次の作品の準備をしておくといい」

とのアドバイスを受けていた。恐らく誰も私の受賞を予測する人は居なかったのではないだろうか。

落選のショックを和《やわ》らげるためか、直木賞発表の日取りを誰も教えてくれなかった。私も知ったところでどうにもならぬと思っていた。

最終選考に残ったお祝いに、長谷川先生の奥様から綺麗な蒔絵《まきえ》の櫛を頂き、先生からは、多少とも期待する気持があると後がつらいから、今回はこれでお仕舞《しまい》と笑われたので、かえって心が軽くなった。

直木賞発表の当日、私はいつものように友達のあこちゃんと連れ立って、深川にある西川流の踊りのお稽古場に居た。

私が踊りの稽古を始めたのは六歳の六月六日で、近くの藤間《ふじま》流のお師匠さんの所で、下町育ちの祖母の勧めであった。父は養子だったので私とは直接血の繋《つな》がらない祖母であったが、たった一人の孫娘をとても可愛がり、稽古にはいつも同行して目を細めていた。私も踊りが嫌いではなかったが、或る日、祖母がやはり孫の付き添いで来ていた人と孫自慢の挙句の果てに喧嘩となり、結局お稽古を止めざるをえなくなった。

次に踊りを習いだしたのは終戦後、目白の日本女子大に通いだしたころで、これも御近所で花柳流の看板を掲げる花柳寿朱蝠《じゆしゆふく》さんの門を叩いた。戦争中は〈ぜいたくは敵だ！〉とか〈欲しがりません、勝つまでは〉などの標語が巷《ちまた》に溢れ、踊りの稽古どころではなかったが、世の中が平和を取り戻し、人々の生活や気持にもゆとりが出てくると、ふたたび踊りの稽古を始めたくなった。

寿朱蝠師匠は踊りも一流だが厳しいお稽古でも評判だった。でも、私は敢えてこの方を選んだ。小学校の同級生のお母さんだったこともあるが、ご主人が鳴物で有名な梅屋金太郎《うめやきんたろう》さん、お兄さんが歌舞伎の二代目市川猿之助《いちかわえんのすけ》という名門で、日本の芸能を学ぶためには最も適した環境だと思ったからだ。

世間知らずの私は、寿朱蝠師匠の許で多くのものを学んだ。子供の頃と違って自分から積極的に踊りの上達のために努力するようになった。そのために長唄や三味線、鼓《つづみ》や太鼓《たいこ》、謡《うたい》や仕舞《しまい》にまで手をひろげてしまい、学業がおろそかになる程だった。

そのお蔭で日本の芸能界には必要な仕来《しきた》りとか気働きを身につけることになる。私の人生にとって、大いにプラスとなった。

大学三年の終り頃からはさすがにお稽古事が続けられなくなり、一旦は中止せざるを得なくなったが、卒業後たまたま西川鯉三郎さんの踊りを観たのが切っ掛けでお稽古を始めたくなり、寿朱蝠師匠のお許しを頂いて、鯉三郎さん門下の西川鯉男《こいお》さんの教室に友人あこちゃんと一緒に通うことになったのだ。

「甃師」が直木賞受賞の報せを受けたのはこのお稽古場で踊りの稽古の真最中《まつさいちゆう》、三月に苗字内《みようじうち》（西川流の名取）の可否を決める試験に合格したばかりだったので、いつもより踊りの手順に神経が集中していたのかもしれない。

兎《と》に角《かく》、昭和三十四年七月二十一日の午後七時半頃、決定の通知を頂くまで、私の頭の中には直木賞のなの字も無かったような気がする。周囲の騒《ざわ》めきの中で、自分が何をすべきかが分らず、独り取り残されたような思いが強かった。

間もなく迎えの車が来て、文藝春秋社で行われる記者会見に臨むことになったが、その日の私の服装が子供っぽいミッキーマウスのブラウスに、持参したお稽古用の浴衣だけだったので、それではいくら何んでも具合が悪いということになり、急遽、鯉男師匠の奥様の着物をお借りして会見場へ向った。

何とも慌しい受賞当日ではあったが、今思い返すと、これも懐しい思い出である。

直木賞の歴史を調べてみると、第一回が昭和十年（一九三五）上半期川口松太郎《かわぐちまつたろう》氏から、第百六十四回令和二年（二〇二〇）下半期西條奈加《さいじようなか》氏まで、八十六年間に百九十三人の直木賞作家が誕生したことになる。

私は第四十一回昭和三十四年（一九五九）上半期の受賞なので、四分の一ということだ。名簿を繰ってみると、私以前に受賞された方々の全員がすでに鬼籍に入っておられ、以後の方でも亡くなられた方がかなりいらっしゃるのを見ると、寂寥《せきりょう》の思いも一入《ひとしお》だが、それと同時に、右も左も分からぬ極楽とんぼの私が、この世界でその後六十年ものあいだ何とか頑張ってこられたのも、いまは亡き長谷川伸先生、戸川幸夫先生をはじめ先輩の方々の尊い教え、両親や家族の支え、数えきれないほどの方々の御支援があったればこそで、こうした人たちに出会えたことの幸運と仕合せを決して忘れてはならないと思う。

人生は儘《まま》ならぬものではあるが、当人がその気になれば、師匠はどこにでも居るし、学ぶことは多い。人は死ぬまで勉強と努力。生きるということは、新しい価値を生みだすことだ。これは晩年の長谷川先生のお言葉だ。

日暮れて道遠し。昔の人はいい事を言う。

楽あれば苦あり

日本の古い諺《ことわざ》に〈楽あれば苦あり〉ということばがある。人生には楽しいこともあるが、そのあとには苦しいことが来る場合が間間《まま》あるから、決して油断してはいけないよという教訓を含んだものだ。

大した実力もないままに直木賞という大きな賞をいただいたまでは良かったが、そのあとは苦労の連続であった。

神社の宮司《ぐうじ》の一人娘で世間知らずの者が、たった一晩で直木賞作家という肩書のもとにマスコミの取材に応じなければならない羽目となり、唯《ただ》おろおろするばかり。

最大の難関は受賞後第一作目の小説を書くことだった。受賞作の「鏨師」は父から材料を貰ったうえ、親しみのある世界を書けばよかったのだが、今度は自分で材料を探さなければならない。

以前、友だちと一緒に吉原を取材して散々な目にあったので、今度はなるべく自分の身近かなものをと考えた。一番手軽なのは神社界のことだが、これはあまり身近かすぎて両親に迷惑がかかりそうなので止めた。子供の頃から習っている舞踊の世界も、その内幕を描くとなればやっぱり当り障《さわ》りがある。

いろいろ考えたすえ、日本舞踊にも取り入れられ、自分でも踊ったことのある狂言の世界を書くことにした。友人の紹介で和泉《いずみ》流の十九世宗家を継がれた和泉元秀《もとひで》氏を存じ上げていたので、取材をお願いしたところ快くお受けくださった。

早速執筆に取り掛かろうとしたが、マスコミの対応に時間をとられて一向に筆が進まない。入稿の日にちは迫ってくるので焦っていると、戸川幸夫先生がいつも利用していらっしゃるホテルを勧めてくださり、いわゆる缶詰め状態で仕事を始めた。

流行作家が缶詰めになるという話は聞いたことがあったが、まさか駆け出しの自分がこのようなことになるとは夢にも思わなかった。

私は子供の頃から一人っ子で寂しがり屋で、静かすぎる環境で仕事をするのが大の苦手であった。かといって部屋をキャンセルするのは戸川先生に申し訳ないし、必死で小説「狂言宗家」を仕上げて「オール讀物」の編集部の方に期日ぎりぎりでお渡しした時は、急に強い空腹感を覚えるほど気持が楽になった。

その後テレビの脚本や雑誌や新聞の小説を何本も掛け持ちして追い詰められて、缶詰めでの執筆を提案されたことも有ったが、お断りしたのはこの時の辛い記憶が残っていたからだ。

直木賞受賞後の苦しみはまだ終わらなかった。一難去ってまた一難というのはオーバーかもしれないが、当時の私としては夜も眠れぬほど悩むことが起ってしまった。

それは「鏨師」の出版をめぐる問題だった。最初にこの本の出版を申し出てくださったのは直木賞を創設された文藝春秋で、私もそれは当然のことと思い喜んでお受けしたのだが、それに異議を唱えたのが雑誌「大衆文芸」を発行している新小説社の島源四郎社長であった。

島社長は、「鏨師」は「大衆文芸」に掲載された結果世の中に認められたのであり、その才能を発見したのは自分であるから、直木賞の授賞には感謝するが出版する権利は新小説社に有ると強く主張されて譲らなかった。私の返答次第では、新鷹会を辞めてもらうことになるかもしれない、とまで言われた。

戸川先生は、

「それは絶対に文藝春秋から出版すべきだ。君の将来のためにも、そうすべきだ」

ご自分のことのように、語気を強められた。

長谷川伸先生にも御意見を伺うと、

「これは君の身の上に生じた問題なのだから、どちらを選ぶかは君がよく考えて判断すべきだ。それが一人前の作家になるためには必要なことなのだよ」

いつもの穏やかな口調ではあったが、心持ち厳しい表情で言われた。それからすぐ表情を柔らげて、

「島が妙なことを口にしたようだが、気にすることはない。君が私を必要とするならば、いつでもやってくるがいい。来る者は拒まず、去る者は追わずだよ」

いつものような慈父のお顔に戻っていた。島さんのことを呼び捨てにされたのは、島さんの奥さんは長谷川夫人の妹さんに当られるので、お二人は義理の兄弟だからだ。そのために私が結論を出すのに苦労したともいえる。

先生の言葉をその晩じっくりと考えたすえ、翌日、文藝春秋に謝罪した上で新

小説社に「蟹師」の出版をお願いすることにした。

この一件は人生の大きな節目になったような気がする。それまでは何かという と人の蔭に隠れてなるべく自分を外に出さないように努めていた。これは私が一人っ子で甘え癖が身についてしまったせいかと思われる。

あとで知ったのだが、この時の新小説社は赤字続きで経営に行き詰まっていたため、どうしても「蟹師」を出版しなければ破産に追い込まれる状態だったらしい。

いま振り返ってみて、この時の選択はあれで良かったと思っている。逆の道を歩んでいたら印税は多く手にしていたかもしれないが、私の才能を見いだしてくれた人を見殺しにしたという後ろめたさは、いつまでも心の隅に残り続けたことだろう。

戸川先生の弟子を思う温かいお気持と、長谷川先生の人はどう生きるべきかを示されたことは、形こそ違え、深い慈愛に根差したもので、何より私が作家として成長する上で貴重な糧《かて》となったことは間違いない。

人生は良いこともあれば悪いこともある。中国の諺にも〈禍福《かふく》は糾《あざな》える縄の如《ごと》し〉というのがあるが、これも幸福と不幸はより合わせた縄のように表裏一体のものだから、あまりくよくよしないことだという意味で、人生とはそういうものなのだということを教えてくれている。

「鬼平犯科帳《おにへいはんかちょう》」「剣客商売《けんかくしょうばい》」「真田太平記《さなだたいへいき》」などで知られる池波正太郎さんは、新鷹会では私より十年早い先輩だが、ある時こんな話をしてくれた。

「俺は戦争中は海軍に居て、復員後は区役所勤めなどをしてから、作家になりたくて長谷川先生に弟子入りしたんだが、何しろ栄養失調で体力は無いし、疲れやすいし、原稿を書く気力も無くなるしで、思いあまって親父《おやじ》に相談したら、ニンニクを食べてごらんというので試してみたところ効果てきめん、本当に有難かった」

ここでの親父というのは長谷川先生のことで、池波さんは御両親が早くに離婚していたので、個人的なことでも先生に相談することが多かったらしい。

村上元三・山岡荘八・戸川幸夫・山手樹一郎《やまてきいちろう》など長谷川伸門下の人たちは、内々では先生のことを親父と呼んでいた。

あれは池波さんが三十代の頃だったと思う。

私は女だし、謙虚でなければいけないと思って、先輩の人はすべて〈さん付け〉ではなく先生と呼んでいたら、池波さんがわざわざやって来て、耳もとで、

「先生と呼ぶのは長谷川先生だけだ。あとは〈さん〉でいいんだ」

と囁《ささや》いた。そのあとで、

「俺には先生を付けても構わないけどな」

と付け加えたのが可笑しかった。

そんなわけで、肉親である両親は別として、血のつながりは無いが、長谷川先生や戸川先生は私にとって心を育《はぐく》んでくださる父と兄のような存在であった。それは私だけではなく、門下の人のほとんどが一つの家族のような気持で接してい

たが、こうした組織は今ではほとんど見られなくなったのではないだろうか。

最近では個人情報の保護だとか何ごとも契約第一だとか、細かすぎる法規制だとかが多すぎて、人と人との血の通った接しかたが希薄になってきたような気がする。昔は無かったような詐欺事件や凶悪犯罪、あるいはいじめ、子供の虐待、引き籠もりなどを減らすための対策はもちろん大切だと思うが、それと同時に人々がお互いに温かい血の通った交流のできる場を増やし、それに多くの人が参加するようにすることも大切なのではないか。

時代が進むごとに便利で快適な生活ができるのはいいが、人が他人を思いやる心が乏しくなりつつある。人間の持つ心のプラスの面をもう一度自覚して育てていかないかぎり、いくら法律や規制を強めても充分な効果は得られないと思う。

私の場合は、苦況から速やかに脱出できたのは師の導きと、心の兄たちの温かい情によってだったと思っている。

そして、その師は恩は着るもので、返すものではないと言われた。その意味は、人から受けた恩というものは、返せばそれで済むというものではなく、同じことを他の人にも為《し》てあげることで、こういう気持でみんなが恩返しをしてくれれば、世の中はもっと住みよくなるのではないだろうか、いやそうしなければいけないはずだ。

損得勘定だけでは世の中の歯車はうまく回らない。温かい人情という潤滑油がなければ。

天皇の松

昭和三十四年（一九五九）に直木賞を頂いて作家の道を歩みはじめた。間もなく結婚、出産と続き、作品の数も小説・脚本ともに然程《さほど》多くなかった。いわゆる駈け出しの頃だ。

或る日「電話よ」と母に呼ばれて受話器を取ると、予想した出版社でもテレビ局でもなく、宮内庁《くないちょう》の侍従《じじゅう》さんだったので一瞬緊張した。

「お上《かみ》が、あなたにお尋ねしたい事がお有りだそうでございますので、是非ご都合の程をお聞かせ頂きたく……」

侍従さんがお上といえば天皇陛下のことだ、と思ったとたん動悸《どうき》がとまらなくなった。

子供の頃、少なくとも十三歳の昭和二十一年一月一日に天皇ご自身が発せられた〈天皇の人間宣言〉までは、私たちは天皇陛下は神様だと信じて疑わなかった。映画館で上映されるニュース映画でのお姿は白馬に跨《またが》る凛々《りり》しくも神々《こうごう》しいものであったし、全国の学校には奉安殿《ほうあんでん》という天皇・皇后の御真影と教育勅語を納めた建物があって、毎日の登下校の際には神社と同様に拝礼する決りになっていた。

皇居前の日比谷通りには、昔といっても昭和三、四十年頃までは都電が走っていて、戦前は二重橋が見える所へ電車が差し掛かると乗客たちは一斉に立上り、皇居へ向って敬礼したものだ。

今でこそ両陛下は国民にとって身近かなご存在であり、災害の折などには親しくお声をかけていただけるが、戦前は一部の特別な人は別として、我々庶民にとっては、まったく雲上にいらっしゃる方という印象であった。

終戦の日の玉音放送で、初めて昭和天皇のお声に接したが、その時の不思議な感動を今でも思い出す。お言葉の意味は良く分らないくせに、世の中が大きく変って行く際に感じる心と体の震えのようなものを……。

〈三つ子の魂百までも〉という諺があるが、すでにその時三十歳を越えていたはずの私はまるで深い谷間に懸けられた吊橋を渡るような気持で宮中に参内した。御所は新宮殿の御造営中で、案内されたのは古びた鉄筋の建物だった。お廊下に敷かれた赤い絨毯《じゅうたん》の所々に補修の跡が見えた。これは私には全くの想定外のことだった。

私の歩調の変化に気付かれたらしく、ご案内くださっていた入江相政《いりえすけまさ》侍従次長が、

「なにしろ戦前からのもので、皆さんとご苦労を共になされたいとのことでした

ので……」

と言い分けめいた口調で仰った。

通されたお部屋も、それと似たような質素なものであった。

「お上には私からお取次ぎ致しますので、どうか楽なお気持でお話し下さい」

陛下がお見えになるまで入江さんは、私の肩を解《ほぐ》すように優しく声をかけて下さった。

が、陛下がお姿をお見せになった途端、私は、びっくり箱から飛び出した人形のように椅子からはね上り、最敬礼をした。

「どうぞ、お直り下さい」

入江さんの声で、我にかえった。

陛下（昭和天皇）はグレーの背広に地味な色のネクタイをお召しで、思ったよりも柔和な目をされていたので、内心ほっとした。

「実は今日此処《ここ》に平岩さんにお見え頂きましたのは、お上の御学友の方があなたのお書きになった『旅路』というドラマの中に出ていらっしゃるので、是非そのことでお話をうかがいたいとのことでしたので……」

陛下のお気持を前もって承っていらっしゃった入江さんから切り出された。

入江さんの言われた「旅路」はその年の四月からNHKで放送が始まった、朝の連続テレビ小説の題名で、舞台は〈国鉄〉、今の〈JR〉で、主人公は鉄道員夫婦の物語である。私としてはTBSの「女と味噌汁」の次に脚本を引き受けたテレビドラマで、有名な「おしん」に次ぐ高視聴率を現在もなお維持している作品だ。

陛下が毎朝テレビドラマを御覧になっているとは、夢にも思わなかったので、本当にびっくりした。

ドラマの中の御学友の話というのは、国鉄側から提供された沢山の資料の中にあったもので、広島に原爆が投下された直後に国鉄の幹部の方が広島へ、僅かに戦火を免れた機関車で視察に向われたのだが、罐焚《かま》きの人は食糧難による栄養不足でへばってしまい、途中から御学友だった方が交替されたが、それも燃料の石炭が無くなって視察を断念されたことを描いたもので、作者としては敗戦直前の日本の国の窮状を訴えたかったのだ。

そんな話を縷々《るる》ご説明申し上げると、陛下は頷きながら、熱心にお聴き下さった。

朝のテレビドラマを御覧になっていらっしゃることも意外だったが、私の話に真摯《しんし》に対応してくださるそのお姿に深く感動した。

皇室は変られたと思った。いや元々そうであったが、私たちが知らなかっただけかもしれないなどと、心の中で短い感慨にふけっていたら、

「松は健在かね？」

陛下のお口から意外な言葉が洩れたので、「はァ、松でございますか」仰る意味が分らず、慌てた。

「ああ、それはね」

入江さんが、すかさず口を挟まれた。

「お上は戦前、代々木の練兵場で行われた観兵式に御出座になられた際に、ご自分のお立ち位置を確認されるのに、そちらの神社の松の木を目標にされておられたのですよ。その松の事を私も何度かお聞きしております」

「あ、あの松は……」

代々木八幡宮の境内《けいだい》には、樹齢三百年といわれる松が三本亭々《ていてい》と茂っていたが、最も高くて先端が二股になっていた松が参道の東側、お水屋の近くに立っていた。私が口籠ったのは、戦後、その松に雷が落ちて枯れてしまったからだ。

松が枯れたことが、なんだか自分の責任のような気がしてきて悲しくなり、俯《うつむ》いていると、

「どうしました?」

入江さんが返事を促した。

「実は残念ながら落雷で枯れてしまいまして……」

「そうか、枯れたのか」

陛下のお声は、とても残念そうで、

「申し訳ございません」

思わず頭を下げてしまった。

「いや、あなたの所為《せい》ではありません」

ふたたび、入江さんが助け船を出してくださったのでほっとした。

来る時は足取りの重かった私だが、帰りはお土産に〈恩賜の煙草とお菓子〉を頂いて、いまにも駈け出しそうな気分で宮中を後にした。

生きるということ

私たち夫婦の共通の恩師長谷川伸先生が亡くなられたのが昭和三十八年（一九六三）六月十一日。早いものであれから既に五十八年の歳月が流れた。次の年が前回の東京オリンピックだったので憶えやすい。

当時、長谷川邸では毎年一月二日を年賀の日としていて、この年も私たち夫婦は午後から港区白金台のお宅へ赴いた。通りに面した十数段の石段を登り、立派な両開きの門をくぐって玄関の戸をあけると、いつもなら客の履物で溢《あふ》れている筈の沓《くつ》脱ぎのあたりが妙に寂しい。不審に思いながら案内を乞うと、七保夫人が出てこられて、

「旦那《だん》さまは暮れから風邪をひいてしまって……」

御挨拶が出来ないので申し訳ないがということで、いつものようにお酒と弁当と豆絞りの手拭いをいただいて帰った。症状は軽いということなので安心していると、それから三週間ほどたった日の夕方、七保夫人から電話があった。

「旦那さまを至急〈聖路加病院〉へ入院させたいので連絡してもらえないかしら」

夫人の声はかなり切迫している。とりあえず病院に電話をして入院の許可を取り、主人の伊東と一緒にタクシーで長谷川邸に駈けつけた。

長谷川先生は奥の座敷に寝ていらっしゃった。枕許には夫人と主治医の方が座っていたが、いずれも表情は固い。先生の病状は既に町医者の手には負えない段

階まで進んでいた。

夫人が〈聖路加病院〉を選択したのは、数年前に先生がやはり風邪をこじらせて肺炎となり、聖路加病院で一命をとりとめたことがあったからで、大勢の門弟の中から私を選んで電話をされたのは、私が二年ほど前にこの病院で長女を出産したことを思い出されたからであった。

医師の助言もあり、乗物は高輪消防署に電話して救急車を手配してもらった。先生を担架で運びこみ、奥様と私たち夫婦が同乗して行先を告げると、築地は管轄外だから行けないと言う。

融通のきかない御役所仕事に腹が立ったが喧嘩をしても始まらない。気持を落ち着かせて、病状が一刻を争う状況なのと、以前この病院の治療で蘇生したことなどを必死の思いで説明すると、ようやく向こうも折れてくれて、上司や病院の承認を取り出発してくれたが、そんなこんなで病院に着いたのは午後九時を過ぎた頃だった。

医師も看護婦も非常に手際よく働いてくださり、あっという間に腕には点滴の針が差し込まれ、上半身はすっぽりと酸素テントで覆われて、その中に呼吸を助けるために高さが人の首くらいまである大きなボンベが運びこまれそこから酸素が供給された。

此処でも医師からそう告げられた。

「今夜が峠です」

奥様は勿論だが私たちもその晩は病室に泊ることにした。幼い娘のことは実家の母に頼んできた。

伊東は病院側より酸素ボンベから患者のテントに送りこまれる酸素の量が一定に保たれるようメーターの看視を仰せつかり、生真面目な性格そのままに一晩中ボンベの横に立ち尽した。私は奥様の下働き兼お話し相手として寄り添うことにし、奥様もそれを望まれた。

こんな状況が三日間ほど続き、病院側でも私たちのために近くの病室を提供してくださった。此処は完全看護を立前としていたのでこれは異例の措置であった。また、先生の病室のドアには〈面会謝絶〉の掲示が出され、すべての見舞客の入室が禁止された。ご家族は別として、私たちは自由に出入りすることを許可された。

四日目からは先生の御容体が次第に落ち着かれてきたので、私たちは家から交代で病院に通うことにした。

お見舞の方は二階のロビーまでという決りで、受付から連絡が入ると私たちのどちらかがロビーに出向いて御病状を説明し、場合によっては奥様が直接行かれる時のサポート役を務めた。

その外にも毎月先生のお宅で催される〈新鷹会〉〈二十六日会〉そのほか不定期の〈十日会〉〈新人会〉などの勉強会の門下生等も大勢いたが、彼等は病院へのお見舞は遠慮して近くの宿屋の一室を借り切り、村上元三、山岡荘八、戸川幸夫氏らの高弟をはじめ多くの人々が交替で泊り込み、朝夕の先生の容体に一喜一憂されていた。

先生の御病気は風邪をこじらせた肺炎ではあったが、実はもう一つ大きな病気を抱えていらっしゃった。煙草の吸いすぎが原因といわれる〈肺気腫〉である。

肺は肺胞といわれる小さな風船のような物が集ってできているが、空気を吸いこむと酸素が肺胞を囲む血管に取りこまれて全身に循環する。ところがこの病気になると肺胞が空気の抜けた風船のように弾力を失い、酸素が血液に取りこまれ難くなるため病状も一進一退の日々が続いた。

入院して三週間ほどたった頃、奥様と私たちは内科部長のN先生に呼ばれてロビーに行った。

「肺の白い影が、到頭反対側にも拡がってきました……」

X線写真を翳《かざ》しながら解説された。

「これが下の方までくると非常に危険です。もちろん私たちも全力を尽しますが……」

ずっと小康状態を保っていたのに、このところまた熱が高くなってきたのはその所為《せい》だったのか。あんなに病院を信頼していたのに……。

N先生を見送ったあと、奥様と私たちは急いで病室へ戻った。

先生はお風呂あがりの時のように荒い呼吸をされていたが、よく眠っていらっしゃるようであった。

長谷川先生の担当医は二人居らっしゃって、一人はほっそり型で知的な顔立ち、もう一人はずんぐり型で髭《ひげ》の濃いやさしい目をした方だった。私はこの二人にそれぞれシェパード先生、熊さん先生と渾名《あだな》を付けた。

私の学校は幼稚園から大学までの一貫教育の女子校で、友だちは勿論、先生にまで渾名を付けて喜んでいたから、思わずその癖が出たのかもしれない。ちなみに私の渾名は〈グリ〉で、何かにつけて驚いたり、興味深く目をグリグリさせるからだった。

熊さん先生は肺炎が悪化する前も後も頻繁に病室に顔を出されて、長谷川先生と先生の小説や芝居の話をされたり私たちにも労《ねぎら》いの言葉をかけてくださった。熊さん先生が見えると病室の空気がやわらぐような気がした。

シェパード先生は患者の体の隅々まで診察してその結果を伝えてくださり、質問にも丁寧に答えてくださるので、とても有難かった。

内科部長N先生が危惧されたことがその日の夕方頃には現実となり、二月十九日の五時頃、あたりはすでに暗くなりはじめていたが、N先生から、

「もしお呼びになりたい方があったら、連絡をなさってください」

と奥様に低い声で伝えられた。


先生の御病状が悪化したことは午前中に病状を聞きにきた連絡当番の人に話しておいたので、二階の広いロビーは長谷川家の関係者で溢れていた。

看護婦さんが末期《まつご》の水を用意してくれたので、私は皆さんを病室に案内した。

一人ずつ一本の割箸の先に付けた脱脂綿を茶碗の水に浸し、意識の無い先生の唇

を濡らした。終ると両手を合わせて口々に「有難うございました」とか「お世話になりました」などと呟き一礼して去って行く。長い列の中には著名な役者や作家、芸人の顔も見えたが、皆深い悲しみに沈んでいた。

人々が立ち去り、病室がふたたび元の静けさを取り戻すと、それを待っていたかのようにシェパード先生が現れた。ベッドの傍《かたわら》でじっと患者を眺めていたが、

「私はまだ、それほど悪いとは思いません」

そう言い残して部屋を出て行った。

私たち三人は呆気《あっけ》にとられて見送ったが、やがてその言葉の意味が分った。先生はそれから間もなく奇跡的に甦えったのだ。

患者の様子を見にきた看護婦がシーツが濡れていることに気がつき、調べてみると先生は昏睡状態の中で大量の失禁をされたらしい。しかしそのことが好結果につながり、病状がみるみる好転していったのだった。

私たち夫婦はロビーに戻ったお客さま達の所へ行っていたので、残念ながらその時の様子は見ていない。あらためてシェパード先生の言葉を思い出し、彼の医師としての能力の素晴しさに驚いた。

その後、二度ほど私たちを不安にさせる病状もあったが徐々に安定し、車椅子で五階の植物園の花々を観賞されるまでに回復された。

院長補佐ののちに有名となる日野原（重明）先生は御回診のたびに、

「良くなりましたね、〈小便小僧〉をしっかり捕まえていてくださいよ」

と私たちを笑わせた。

熊さん先生は一日に何度も来てくださって、細かい気くばりをしてくださる。

シェパード先生は回数は少ないが、血圧の変化に一喜一憂する私たちに、

「私の経験では、血圧は上が百二十から百六十くらいの人が一番長生きをしています。そんなに心配することはありませんよ」

と血圧百二十台にこだわりすぎる気持をほぐしてくださった。

やがて酸素テントも外され、看護婦さんに髭などを剃ってもらうと、ようやく奥様にも笑顔が戻ってきた。先生も日中はほとんどベッドの背を持ち上げて過ごされるようになった。そんな或る日、突然先生がベッドの上で大声をあげて悶《もだ》え苦しみだしたので、奥様は震える手でナースコールのボタンを押した。

「長谷川さん、どうしました」

駈けつけた看護婦の問いに対する先生の答えは、夢の中で自分はライオンで、マサイ族の集団に捕えられ木に縛りつけられたので、なんとか嚙み切ろうとして声を上げてしまったとのことで一同はっとした。

私は先生が獅子のような強い気持で病気と闘っていらっしゃるのだと思った。

「ライオンですか、凄いなあ」

夕方の回診の時、熊さん先生は嬉しそうに笑った。

勝れた医師や看護婦さんたちのお蔭で、入院からほぼ百日後の五月六日、無事退院することができた。

長期の入院のためさすがに足が弱られて車椅子を利用され、車を降りてから門までの十数段の石段は伊東が背負い、玄関の上り框《がまち》からベッドの置かれた奥座敷に通ずる長い廊下は、伊東ともう一人若手の門下生が引っ張ってお運びした。

その時先生は高く上げた両手をひらひらさせて踊るように、

「やれ引け、それ引け……」

と音頭をとられた。

よほど嬉しかったに違いない。そのお姿が私には鬼ヶ島から凱旋《がいせん》した時の桃太郎のように見えて仕方がなかった。

数日後、二本榎のお宅にお見舞にうかがうと、先生はベッドで頻《しき》りに右手の指を揉《も》んでいらっしゃった。

「指をどうかなさったのですか」

とお尋ねすると、

「生きるということはね、この世に新しい価値を産みだして行くということなん

だ。私は作家だから、生きているかぎりは良い作品を書かねばならない。だから
こうして……」

病気で力が抜けてしまった指の回復のために努力されていたのだ。

ベッドの脇の小机に数冊の本が積んであるのを見つけたのでお聞きすると、

「次に書こうと思っている史料だよ」

北海道で一番先にできた刑務所が樺戸監獄《かばとかんごく》といって重い罪を犯した者が収容されていた。明治の初期に政府が北海道の開拓に力を入れるようになり、原野や山や丘を切り開いたが道路や川や橋の造成や整備をするには近代的な機器もなく、冬の極寒は想像以上のもので、工事は難航を極めた。

そこで政府が思いついたのが受刑者たちを工事に投入することであり、この計画は大きな成果を挙げたが犠牲者の数も多かった。北海道はその後発展して今日に及んでいるが、その発展のもとになった受刑者たちのことを今では語る者は少ない。

長谷川先生はこの罪を犯した名もなき者たちの功績を世の人々に伝えたかったに違いない。

先生はこれに類する本で「荒木又右衛門《あらきまたえもん》」「相楽総三《さがらそうぞう》とその同志《どうし》」「日本捕虜志《にほんほりょし》」「印度洋《いんどよう》の常陸丸《ひたちまる》」など多くの本を書いていらっしゃる。いずれもいわれのない悪名を着せられて死んだ者とか、歴史の誤りを正す意企で書かれたものなどで、一世を風靡《ふうび》した〈股旅物〉も長谷川先生の書かれたものは〈やくざ〉の世界をただ単に讃美したのではなく、世の中の屑のようなアウトロー（無法者）の中にも時として尊い〈真心〉が姿をあらわすという人間の素晴しさ美しさを描いたものである。それは親鸞の「善人なおもて往生を遂ぐ、いわんや悪人をや」の思想にも通じるものだ。

こんなに生きることや仕事に意欲を持っていらっしゃった先生の最期は、ほんとうに呆気ないものだった。退院後御自宅で順調に体力の回復に努めていらっしゃったが、梅雨《つゆ》の初めに風邪をひかれたので大事をとって今度は早目に入院された。前回の轍を踏まぬためである。

私がお見舞にうかがった時もベッドに起き上り、お好きなボクシングの試合を観ていらっしゃった。会話も通常と変りなく、御退院も間近かと思ったほどであった。

それから一週間とたたぬ六月十一日の午前中のこと、病院から七保夫人の電話があった。

「旦那さまの様子が変なの、すぐ来てくれないかしら……」

たまたま手の空いていた伊東が先に駈けつけることにした。

私は少し遅れてタクシーで病院に向かった。病室には奥様も伊東の姿もなく、先生が静かに眠っていらっしゃった。折角おやすみになっていらっしゃるのをお起ししてはと、足音を忍ばせて外に出た。二人を探しにロビーへ向かった。

その途中、階段のところで伊東に出会った。

「先生、よく眠っていらっしゃったわ」

というと、

「バカ、先生は亡くなったんだ」

私は息がとまるほど驚いた。

伊東の話では、彼が病室に近づくとそこは大勢の看護婦さんや医師たちで一杯だったという。中から奥様が出てこられて、

「伊東ちゃん、早く先生の傍へ行ってあげて……」

見るとベッドの上に若い医師が馬のりになり先生の心臓マッサージをする姿が飛び込んできた。傍の心電計から細長い紙の心電図が流れ出し、その量がかなりの長さになっていたそうだ。長時間こうした治療が行われていたらしい。

やがて心電図の波形が消えて一本の線へと変った。するとそれまで忙《せわ》しく動き回っていた看護婦たちの姿が波が引くように消え、内科部長のN先生が奥様に、

「御臨終です」

と頭を下げられた。

「有難うございました」

奥様も丁重にお礼を返された。

伊東がこれから御遺体の処置を看護婦さんがしてくれるから、ロビーへ行っていようというので歩いていると、途中で熊さん先生に出会った。私たちがお世話になったお礼を述べると、

「残念です、本当に残念です」

目に涙を浮かべていらっしゃった。

ロビーに行くとたまたまシェパード先生がいらっしゃったのでお礼を申し上げると、しばらく言葉を探して、ぽつりと、

「天命です……」

と呟かれた。

先生の御遺体は病院側の希望で奥様の承認を頂いて病理解剖が行われた。

その時立会われた直木賞作家で私たちの結婚の仲人をつとめてくださった戸川

幸夫先生の報告によると、長谷川先生の内臓はいたる処で癒着や老化が進んでおり、これまで生きていたのが不思議なほどの状態であった。

正に悔いのない見事な人生であったと思う。

犬も歩けば棒に当る

〈犬も歩けば棒に当る〉は江戸時代に作られた「いろはカルタ」の冒頭の句である。私の子どもの頃はお正月になるとこのカルタや絵《え》双六《すごろく》などで遊ぶのが楽しみだった。腕相撲や指相撲では勝目はないが、双六ならば結構おとなに勝てるのも嬉しかった。

正直なところ、私にはこの句の意味はよく解らなかった。失明している犬だっ

たらそういうことも有るかもしれないが、普通の犬だったら有り得ないことだ。女学に通うようになって初めて辞書をひくようになり、やっとその意味がわかった。

「物事を行う者は、時に禍《わざわ》いにあう。また、やってみると思わぬ幸いにあうことのたとえ」とある。つまり敏捷な犬でさえ時には棒にぶつかることもあるのだから、まして人間においてをや。人生は常に思わぬ禍いや幸運に出合うものだから、常に注意を怠らずに歩むべきだという教訓が込められているらしい。

五十年ほど前に私たち夫婦は作家の阿川弘之《あがわひろゆき》先生御夫妻に誘われて、船で横浜からニューヨークまでの旅をしたことがあった。「ＳＳロッテルダム」という船名で船籍はオランダだが所有しているのはアメリカの会社である。

乗客はほとんどがアメリカ人、それにヨーロッパの人が少し乗っていたようだ。日本人は私たちを入れて十人そこそこであった。乗組員はアメリカ人と東南アジア系の人々で五百人程度。乗客数も五百人くらいと聞いたので約千人を乗せてニユーヨークを出てニューヨークに戻る世界一周観光を目的とする三万トンくらいのいわゆる豪華客船だ。

阿川先生は後に文化勲章を受章されたが、当時は五十代で既に日本を代表する作家のお一人で太平洋戦争中は学徒出陣で海軍に召集されていたせいか、船旅がお好きだった。

私も前から一度船に乗ってみたかったのと、この船が南米のパナマ運河を通るというのに興味をそそられた。私たち夫婦は小学校の国語の教科書にパナマ運河のことが載っていたのと、特に巨大な船が水位の高低差を克服するために設けられたという〈閘門《こうもん》〉の動きを子供の頃から、観てみたかったからだ。

ちなみに〈閘門〉などというむずかしい漢字がルビなしで載っていたような気がする。今では大人でもこの字の意味を知る人は少ないのではないだろうか。

昭和一桁《ひとけた》生れの私が新聞や雑誌にしばしば登場するキャパシティーとかコラボレーションなどという仮名文字に戸惑うように、はたして今の人たちの何パーセントが江戸いろはカルタの〈亭主の好きな赤烏帽子《えぼし》〉の意味を理解していらっしゃるだろうか。

烏帽子というのは昔は貴族や武士などが元服《げんぷく》したときなどに略装としてかぶるもので、烏《からす》という字がついているように色は黒ときまっている。後に庶民のあいだでも用いるようになったようだが、今では神社の神職が略装として着用している。

もしお宮参りや七五三などで神主さんが赤い烏帽子を着《つ》けていたらびっくりするように、江戸時代でもこれは異様な姿だったに違いない。ただ当時の家族制度のもとでは、一家の主人が好むものは、たとえ人に笑われるようなことでも、家族はこれに従うのが当り前だったからで、時の流れとともに言葉や価値観というものが大きく変って行くということがこの句を見てもよく分る。

こうした時代の変化を痛切に感じたのも此の船旅であったし、それから解放されたのも横浜からニューヨークまでの三週間の体験であったと思う。

海外旅行は一ドルが三百六十円の頃から行っていて多少の自信はあったし、旅は船旅が最高だとは聞いていたのでこの旅を大いに期待していたのだが、最初に躓《つまず》いたのが避難訓練であった。

前もって知らされてはいたのだが、指定されたキャビンに入りスーツケースを開けて整理をしていると、突然警報が鳴って、救命具をつけて至急甲板に集合しろという英語のアナウンスがあった。慌てて救命具を探したが見付からない。時間はどんどん過ぎて行く。

とにかく集合場所に駈けつけようと二人で部屋を飛び出したのはいいが、今度は甲板に出るドアが分らない。階段を登ったり降りたりしてようやく集合場所にたどり着いたときは既に遅く、避難訓練は終了したあとであった。

出航のときはバンドの演奏や大勢の見送りの人たちに紙テープを投げて別れを惜しんだり、シャンパンのサービスや四、五階ほどのビルの高さの甲板から見る大きな富士山の素晴しさに思わず息を呑んだりして御機嫌だったが、避難訓練の失敗によって急に船旅のこれからが不安になってきた。

案ずるより産むが易し。その晩の夕食は今でも記憶に残るほど素晴しいものだった。まず最初に出てきたのが大皿に盛られたキャビアである。高価な食材と聞いていたが食べるのは初めてだったので、二人で思わず目を見合せた。

ちなみにオードブルなどは他の料理と共に船賃の中に含まれているから値段は余り気にならないし、酒類は別料金だが船では税金がかからないので、高級ワインもとにかく安く飲める。

一流レストラン以上の料理とワインに満足して、いい気分で眠りについた。

それからどのくらい時間がたったのだろう。大きな揺れを感じて目が覚めた。出航するまでは気付かなかったが、かなり強い異臭もする。隣りのベッドの亭主に声をかけると、

「なんだろう、これは」

伊東も眠れずにいたらしい。

「船が相模灘に出たんじゃないかしら、外海《そとうみ》はかなり揺れると聞いたことがあるわ」

「変な臭いがするな」

「重油を燃やす臭いだわ」

これではニューヨークまでの三週間は到底無理だ。部屋を変えてもらうのが一番だが、残念ながら二人とも英語は苦手で、面倒な交渉に自信がない。意を決して阿川先生に電話で窮状を訴えた。すると多分ベッドに入っていらっしゃったと思うのだが、

「それは大変だ。すぐ船側と交渉してみるから委《まか》せなさい」と親切に言ってくださったのでほっとした。

暫くすると、

「別の部屋に変えてくれそうだから、荷物をまとめて待っていなさい」と電話で伝えてくださった。〈地獄で仏〉という言葉の意味を実感し、本当に有難かった。

阿川弘之先生は確か私たちより一回りくらい年嵩であったが、戦後アメリカのロックフェラー財団の留学生に選抜され一年間ほど御夫妻でアメリカに留学されていたせいか英語はかなりお上手だった。

間もなく東南アジア系のクルーが二人やってきて、荷物を上の階の部屋まで運んでくれた。新しい部屋は広さや調度類は前と変わらなかったが、何より嬉しかったのはとにかく静かで鼻を突くような臭いもなかった。

あとで阿川先生から聞いた話では、前の部屋は船の機関室の真上に位置していたそうで、そういえば大きくはないが地鳴りのような音が足許から響いていたようだ。

更にほっとしたのは、一階上の部屋に変えてもらったのに、料金はそのままだったことだ。あらためて感謝の言葉をのべる私たちに、

「友人が困っている時に手を貸すのは当り前のことですよ」

と笑っていらっしゃる。適当な言葉が見つからず「はっあー」と無言で頭を下

げた。

船は相変らず揺れていて廊下を歩くにも蹌踉《よろめ》く始末だったが、気持はずっと明るくなった。

船内すべての廊下や階段に手摺りが付いていたり、テーブルにはかならず滑り止めの縁がある理由も分った。乗船の時に聞いた説明では、この船には二つの巨大なジャイロスタビライザーという独楽《こま》の原理を用いた揺れ防止装置が設置されているとのことだったが、三万トン程度の船をも翻弄《ほんろう》するような波の激しさに驚いた。

船のフロントには無料の船酔いの薬が山のように置いてあり、阿川先生から、

「ベッドに寝ていると船酔いは軽くなるけれど、逆に起きられなくなってしまうから、なるべく廊下や甲板を歩くようにしないと駄目だよ」

とアドバイスを受け、その通りにしたら日ましに船酔いが軽くなった。

最上階のスイートルームに宿泊された母娘《おやこ》の方達のディナーテーブルが私たち

の前にあったが、彼女たちは目的地のハワイに着くまで一度も食堂に現れなかった。テーブルスチュワード（給仕人）に様子を尋ねてみると、

「御嬢さんの船酔いがひどくて、お食事はすべてルームサービスを利用されていらっしゃいます」

とのことだった。最高の料理のことを思うと、このお二人の不幸は他人事ではないような気がして胸が痛んだ。

船には食事以外にもさまざまな楽しみ方があり、毎朝スケジュール表がドアの下に配達されてくる。

早朝のヨガやミサを始めダンスやフランス語・油絵・次の寄港地のレクチャーや手芸などの教室。甲板では射撃・ゴルフの練習や、シャッフルボード（カーリングに似て四人一組で二手に分かれ、中央の得点エリアに円盤を先が二股の棒で押し込み、得点を競うゲーム）など。そのほかにもプールや劇場、カードゲームのブリッジ専用の大きな部屋があり、此処は朝から夕方頃まで満員の盛況だった。

これらは全部無料であるが、寄港地ごとに観光のツアーが組まれていて、船内にある旅行社に頼めばこれは有料でバスやタクシーやガイドの手配をしてくれるから、旅客機での旅にくらべればはるかに足の遅い船旅ではあるが、それとは比べるべくもない楽しみがあった。

船酔いがおさまりようやく船内の様子にも慣れてきた頃、ドアの下に差し込まれたその日のスケジュール表に恒例の仮装大会への参加者募集の広告が載った。

午後のティータイムに集った日本人の間でも話題になり、

「前から一度やってみたいと思っていたけれど、今回は偉い作家先生がいらっしゃるのだからお智恵を拝借して……」

という人が何人かいたものだから、阿川先生も無下に断るわけにもいかず、

「それじゃ平岩さん、あなたはテレビや芝居もやっていらっしゃるのだから、何か良いアイデアを考えてみてあげてくださいよ」

ということでお鉢が私に廻ってきてしまった。阿川先生には部屋のほかにも何

かとお世話になっているので、お断りすることはできない。

キャビンに戻って頭を抱えていると、傍から伊東が、「結婚式でもやってみたら……」と言う。

（そうだ、結婚式なら彼は本職だし、私も父親の手伝いで何度も巫女《みこ》さん役をやったことがある……）

翌日、お茶の時間で皆んなに提案すると、一も二もなく賛成してくれた。しかも阿川さんはかなり乗り気になられて、

「花嫁はアメリカ人がいい、そのほうがお客に受ける。私が頼んで連れてくるから花婿は私にやらせてくれんかね」

勿論反対する者は無く、その場で役割のすべてが決まった。

仮装に必要な材料は船側が食堂に隣接する小ホールに用意してくれたので見に行くと、数は少ないが舞台衣装らしい物や大きめの色紙《いろがみ》やリボン・紐・粘着テープなどがあった。

あまり使えそうな物は無かったが、巫女さんの緋の袴や白衣などを持参してこなかったので、止むなく大きめの赤いスカートを借りることにし、神主の烏帽子になるような物が見当らないためこれも黒い紙と粘着テープで作ることにした。また祓具《はらえぐ》の一種である〈切麻《きりぬさ》〉の材料となる白い紙を何枚か追加した。本当はお米と麻も欲しかったが、単なるゲームのためにお米を使用すべきではないと伊東が主張するのでやめた。

いよいよ仮装大会の当日、会場は船の劇場で行われた。普段は映画やショーなどが行われる場所である。客席は五百人くらいは収容できそうな立派なものだ。出演するまで時間があるので、出番がくるまで私たちは後方の席で見物することにした。

ベネツィアのサンマルコ広場における仮面祭りや、アメリカ映画の〈オズの魔法使い〉に登場するブリキの木こり・気の弱いライオン・踊るかかしなどの仮装は明らかに乗船前から個別に準備してきたものだった。インドネシアの〈農民踊り〉の衣装は、寄港地で現地調達したもので、踊りは前もって練習を重ねているなど、仮装大会馴れしているグループと比べると、私たちのように烏帽子から緋の袴や大麻《おおぬさ》・三方《さんぼう》・切麻にいたるまで船側で用意した材料を利用して作ったり、神主の白衣は私の襦袢《じゅばん》、袴はこれも私の紺色のスカートを代用するなどかなり気が引けるものであった。巫女役の私の衣装はひどかったが、参列者として参加される日本人は男性はタキシード、女性は晴れ着、中には振袖の方もいらっしゃり華やかになった。これは船にはフォーマル（儀礼的）とアンフォーマル（日常的）な日があるためにそれぞれが用意されていたものだ。

花婿の阿川先生は紋付の和服に仙台平《せんだいひら》の袴、当時は鼻下に髭をたくわえていらっしゃったのでなかなか御立派であったし、花嫁さんは最初私も驚いたのだが、中年のかなり大柄なアメリカ人女性で、阿川先生とは前にもこの船に乗り合せてお友達になったのだという。

テキサスで手広く農場を営む気さくで明るい小母さんタイプの方であった。衣装は日本人からの借物の着物だが、派手な花柄の模様がよく似合い、私たちグループの存在を際立たせてくれた。

「Entry number 16, Japanese wedding ceremony!」（参加番号16　日本の結婚式）

司会のアナウンスに続いて、こちらで指定した蕗谷虹児《ふきやこうじ》作詞・杉山長谷夫作曲の〈花嫁人形〉のピアノに合せて舞台に登場する。

先頭を行く私が切麻ならぬこまかく切った紙片を撒きそのあとに神主、新郎、新婦、参列者と続く。

中央で行列を止めて客席に一礼してから、所定の位置に着くと、

「Well, quiet please!」（では御静粛に願います）

神主の一声で会場が静まりかえる。

結婚式が始まった。

神主が正面中央に立つ新郎新婦を祓詞《はらえことば》と大麻で祓ってから、持時間の関係で祝詞《のりと》を省略して目出度くキッスの筈だったが御当人たちの御判断で頬に唇を触れ

るだけになってしまった。

お二人共結構演技派だったので新郎はわざと背のびをし新婦は大袈裟に腰をかがめるものだから客席からは思わず笑声が起り、更に新郎が重量級の新婦を抱き上げてよろよろと引き上げようとする姿に会場は爆笑の渦に包まれた。

一同気をよくしてまた最後列の客席に戻り、無事に勤めを果せたことを喜び合った。本当にそれだけで良かったのだ。だから最後の順位の発表で、「Japanese wedding ceremony win!」（日本の結婚式が優勝）と発表された時は腰が抜けるほど驚いた。賞品は銀の皿一枚とシャンパン一ダースで、私たちにはお皿、シャンパンは皆んなで分けた。

それ以来、廊下で擦れ違う人達から、

「お目出度う」

と声をかけられるようになり、食堂では前の方の席の船の司祭さんがわざわざ私たちの所へやってきて握手を求めるほどであった。

阿川先生御夫妻や私たちは、船内で一躍人気者になってしまった。正に〈犬も歩けば棒に当る〉であった。

私は翌日からアメリカの乗客たちに誘われて、船内で催される教室に通うようになったが、どの教室でも歓迎されたので、それまであった外人コンプレックスがいつの間にか消えてしまった。

私たちの年代の者は戦争に負けたことや、学校での英語の授業に苦しめられたことなどでアメリカ人には特に引っ込み思案になりがちだったような気がする。付き合ってみれば彼等も同じ人間同士、それ以上でも以下でもない。この経験がその後、海外を舞台にしたドラマを書くきっかけになったし、逆にまた江戸を舞台にする小説が無性に書きたくなった。

伊東はアメリカ人の友達ができて、毎日のように甲板で行われるシャッフルボードに参加していたが、ハワイを出港のとき、

「戦争中のアメリカでは神社の鳥居を軍国主義の象徴のように捉えていたので、

自己紹介では雑誌の編集長といったらちょっと変な顔をされた」

「神社の神主っていえばよかったのに」

「だから実は神主で、神社庁の教化雑誌の編集長といったら納得してくれた」

彼がまだ本当の神主に成りきれていないのだなと思ったが、口には出さなかった。

戦争によって彼の人生は大きく変ったのだし、私たち昭和一桁生れの人間の心の傷は、同じ年代の者として容易に理解できたからだ。

私たちは甲板の船縁《ふなべり》に身を寄せて、夕陽にかすみ遠ざかる真珠湾を、いつまでも眺めていた。

アリとキリギリス

私の人生を振り返ると、最初の十四年間は戦争、そのあとの七十五年間は平和な時代ということになる。戦争にくらべると平和な時のほうが遥かに長いはずなのに、思い出としては戦争中のことの方がより鮮明に記憶に残っている。

あの時代のことは娘や孫たちにも余り話したくないし、また他人にも語っていないような気がする。

私とほぼ同年代の主人にそのことを言うと、

「敗軍の将兵を語らず、だよ」

戦争に負けた将軍は、兵法について語る資格がないという、中国の「史記」に出てくる言葉だ。

「敗軍の将じゃなくて少年でしょ」

と雑《ま》ぜ返すと、

「それはそうだけれど」

と前置きして、戦争の頃の話を始めた。

主人の伊東は終戦の年の昭和二十年（一九四五）四月十四日の第二次東京大空襲で田端の家を焼かれ、六月に今でいう難民として長野県の父の実家に逃げて行った。

被災して二か月も東京に踏み止まったのは、当時、小学生は半ば強制的に親戚や学校単位で地方に疎開させられたのに対し、中学生は個々の判断に任せられていたのと、彼の母と妹たちはすでに疎開をすませていたからだった。女子供は疎開させ、男たちは東京を守るというのが暗黙の了解のように考えていたという。

沖縄に米軍が上陸したこの頃になると、東京の市街地の半分が焼き尽くされ、死者十一万人余、負傷者十五万人、被災者はなんと三百十万人にも及んだという。戦時中のことなので仕方がないことだが国や都からの援助はほとんど無いに等《ひと》しかった。

私は彼より数か月早い四月に母の実家のある福井県に疎開した。前の月の三月十日未明の第一次東京大空襲と称されるB29爆撃機三百数十機による攻撃により下町一帯は壊滅状態となった。死者は十万人といわれている。

伊東の祖母もこの時罹災し、近くの運河に飛び込んで助かったが、田舎へ避難する途中で立寄った時の顔は煤《すす》だらけ、髪や着物は焼け焦げだらけの惨たんたる有様であった。

この時の米軍は木造の家屋が密集する下町を最も効果的に攻撃する方法を研究

し、大量のガソリンと焼夷弾を低空からばらまいたのだそうで、空気そのものが炎となり風となって吹き荒れたので人々は逃げ場を失い、予想だにしない被害を受けることになった。

この惨状は私の住む山の手にも噂となって拡がり、私の疎開の時期を早める結果となった。

東京の人たちは太平洋戦争の始まる数年前から敵の空襲に備えて夜は燈火管制、昼は防空演習といって町の警防団の指導のもと、隣組単位のバケツ・リレーや〈火たたき〉〈鳶口《とびぐち》〉など消火に使用する道具の使い方を習ったり、窓ガラスに爆風よけのテープを貼ったりしていたが、こうした努力は実際の空襲にはほとんど役に立たなかった。

なまじ消火しようとして逃げ遅れてしまった人や、国の指導で空襲に備えて作った庭の防空壕に避難して死んでしまった人が多かったことから、三月の下町壊滅の空襲の後は火を消すよりも先に逃げる人の方が多くなり、犠牲者の数が大幅に減った。

私の家というか神社は、五月二十四日の第三次大規模空襲の時にかなりの数の焼夷弾を被爆したが、この時は両親と僅かに残っていた使用人たちは避難せず消火にあたり、無事に神社と自宅を守り通した。

実はこの時、私はすでに母の実家の福井県に疎開していて両親たちの奮闘の模様は見ていない。下町が焼き尽され多数の死者が出たことから急遽避難させられたからだ。

あとで聞いたことだが、このあたりにも大量の焼夷弾が投下された。神社の屋根に落ちたのは、父が登って叩き落し、それを下の者が天水桶の水を汲んで消した。神社には普段から集会用の座布団が沢山用意されている。それを水に濡らして火勢を押えた。

ところが二つあった大きな天水桶の水はたちまち底をついてしまい狼狽《うろた》えていると、母が、

「池の水、池の水！」

と叫んだのでようやく男たちも我にかえり、少し離れた場所からではあったが水を運んで消火に成功した。周辺の家々はほとんど被災したが神社は小高い丘の上にあったのと風向きが幸いしたため類焼を免れた。

隣接するお寺は残念ながら焼失したが、その時、境界に立つ二本の公孫樹《いちょう》の大木から霧のようなものが吹き出しているのを母が見たという。この木は猛火を受けて一時枯れたかに思われたが、その後復活して今は豊かな緑の葉を茂らせている。植物の生命力に驚くとともに、神社やお寺に公孫樹が多い理由もその辺にあるのかもしれない。

わが家の周辺は見渡すかぎり焼け野原になってしまったが、その焼跡にはいくつものお稲荷さんの祠《ほこら》やお狐さんの石像が転がっていた。

当時は商売繁盛、家内安全を願って、庭に稲荷社を祀る家が多かった。信心深い人たちがそれを拾い集めて神社へ持ってきたので、神社では本殿の東側に末社

〈出世稲荷〉として安置し、毎年旧暦の初午《はつうま》の日にお祭りを御奉仕している。この日に奉納される幟《のぼり》の数が年毎に増え、参拝する方も多くなっていることからみれば、きっと神様も感応《かんのう》され、喜んでくださっているのではないかと思う。

空襲の猛火から神社を守った両親も今は亡《な》い。存命だった頃、消火の現場に立会えなかったことを私が残念がると、二人は口を揃えて言った。

「お前が居なかったから夢中で火を消せたんだ。もしあの時お前が居たら気になって消火どころじゃなかったろうよ」

たしかに、父の実家である千駄ヶ谷の神社は空襲のあった晩男たちは出征等で不在だったため、父の姉と母親と姪の三人で神社を守っていたのだが、避難するために近くを通りかかった人の話によると、火の粉が降り注ぐ神殿の中から女性の朗朗と唱える大祓詞《おおはらえのことば》が聞こえたという。

翌朝、父が駈けつけたとき神社はすでに焼け落ちて、祝詞座《のりとざ》と思《お》ぼしきあたりから三人の遺体を発見した。多分伯母たちは激しい火の勢いに為す術《すべ》もなく、艦長が沈没する船と運命を共にするように、神社に殉じたのだろう。あの時代このような話は決して珍しくなかった。

一旦は家族と共に避難したのに、途中で御神体をそのままにしてきたことを思い出し、取りに戻って亡くなったとか、理由は判らないが家族が止めるのも聞かずに燃え盛かる御社殿の中に飛び込んでしまった人などである。

戦争は神社にとっても受難の時代だった。

私の疎開生活は僅か五か月程ではあったが、とても仕合《しあわ》せだったと思う。受入れてくれたのは母の姉で、私は〈竹原《たけはら》の伯母ちゃん〉と呼んでいた。御主人はすでに亡く、一人息子は満蒙開拓団に応募して満州に行ってしまい、たった一人で先祖伝来の田畑と、夫が遺していった理髪店と水車を利用した精米所を続けていた。

村でも評判の働き者で人当りもよく、多忙な折には友達や親戚の者が手伝いに来るし、こちらからも出向いて行くといった生活をしていた。独り暮しの伯母にとって私は、娘が一人殖えたような気持だったに違いない。食事の内容はもちろん、生活面でも実の母以上に気をつかってくれたので、私はすぐに親許を離れた寂しさを忘れることができた。

近くに母の実家の南保《なんぼ》家があり叔父が跡をついでいたが、広い田畑のほかに私鉄の福井駅と三国港《みくにみなと》駅の駅長を兼ねていたので、時々越前ガニやサバなどを私への土産に持参し、彼の姉である伯母さんに捌《さば》いてもらって、

「東京じゃ食えんだろうから、仰山《ぎょうさん》食べんさい……」

と言いながら持参の酒をちびちびやり、私との会話を楽しんで帰って行った。

福井県は海に面していて漁業も農業も盛んで、東京にくらべれば遥かに食料は豊富であった。伯母さんも、

「此処に居るあいだに栄養をつけて、病気にならんような体《からだ》にせんといかんよ」

と口癖のように言っていた。

海のない長野県に疎開した伊東はこの話をするとひどく驚いた様子をした。蜂

の子や繭《まゆ》の蛹《さなぎ》を炒《い》ったのを食べたことはあったが、海の魚はほとんど食べたことが無かったそうだ。

今では考えられないことだが、戦争末期の昭和十九年から二十年にかけてはB29数百機の大編隊による爆撃が続いたため、数百万人の避難民が都市から地方へ疎開した。

その結果大きな混乱が生じた。農家はお米を生産するが、自分の家で食べる分だけ残し、あとは供出米と称して国が強制的に買い上げるという制度があって、疎開者たちに分け与える余裕が無かった。其の上、価値観や物の考え方に都会と地方では大きな違いがあり、経済的にも都会に住む人の方が優位に立っていたのが、この時期に逆転したのだ。

「イソップ物語」の中にアリとキリギリスの寓話が出てくる。夏の暑い最中、せっせと食物を巣に運んで冬に備えるアリを見て、歌をうたい楽器を楽しむキリギリスが、「働くばかりが能じゃない」と笑った。冬になり食べる物が無くなったキリギリスが、アリの所へ物乞いに行くと、「働かざるもの食うべからず」と断ったという話だが、あれと同じような事があの頃は現実に起こっていたように思う。

これは社会の在り方としては決して好ましいものではなく、異った立場の者がお互いの良さを認め合い、助け合い、感謝し合ってこそ初めて住みよい社会が実現するはずだ。

最近話題となっている〈ふるさと納税〉や〈被災地へのボランティア〉〈都会から自然豊かな農村への移住〉などは、新しい日本の社会を造りだすのに必要な種子のようなものではないだろうか。あの戦争体験から多くのものを学び、日本人はやはり進化し続けている、と思いたい。

禍福《かふく》は糾《あざな》える縄の如《ごと》し

題名に掲げた〈禍福は糾える縄の如し〉は今から二千百年くらい前に中国で書かれた「史記」という本に載る言葉で、広辞苑によれば「この世の幸不幸は、より合わせた縄のように、常に入れかわりながら変転する意」とある。
私の九十年近い人生を振返ってみても、大小の差こそあれ禍福は代わる代わる訪れてきた。とすればこの諺《ことわざ》は人間にとって避けがたいものであり、そのことに

よって多くのものを学び成長してきたような気がする。

平成十五年（二〇〇三）十月の或る日の夕方、次女の〈コーちゃん〉の夫〈三《さん》ちゃん〉から突然の電話で、

「妻がただの風邪だと思っていたら別の病気が見付かって、すぐ集中治療室へ入れましたが、くわしいことはまた後で……」

言葉の端々から徒《ただ》ならぬ様子がうかがえた。

取り敢えずT大学医療センター病院に伊東と駈けつけたが、集中治療室では遠くから娘の姿を確認することが許されただけで、話しかけることも体に触ることもできなかった。娘は既に意識不明で、人工心肺という心臓と肺の働きを代行する装置で辛うじて生命を維持している状態であった。

〈三ちゃん〉の説明によると、最初の診察を終えて次の措置を廊下の長椅子で待っていたところ、たまたまそこを通りかかった医師のB先生が娘の病状の緊急性を察知し、即座に集中治療室への移動を指示されたのだそうだ。

最初のA先生は娘の心臓にかなり強い不整脈があるので、ペース・メーカーを入れるお積りであったようだが、B先生はこの病気が只の不整脈ではなく心筋炎によるものだと判断されたことが娘の生死の境を大きく分けることになった。もしこの時心筋炎治療の経験のあるB先生がこの場所を通りかかられなかったらと思うと、今でも背筋がぞっとする。

集中治療室で娘の生存を確認したあとで、私たち夫婦は担当の二人の医師から病気の説明と今後の見通しについてのお話をうかがった。

「病名は劇症型心筋炎です。ウイルスが原因で心臓の筋肉に炎症が生ずる病気で、生存率は残念ながら50%以下とかなり低い確率です」

「その場合、社会復帰の確率はどのくらいですか」

伊東の問いに、

「そうですね、30%かそれ以下ですね」

医師の声が低かったせいもあるが、それからの会話はショックのせいかほとんど憶えていない。

病院の帰りに、伊東は遅目《おそめ》の夕食をとるため、渋谷の馴染みのそば屋へ寄った。私は好物の〈天ざるそば〉を注文したが、胸が一杯で一口も食べることができなかった。それを見た伊東は黙って勘定を済ませて外に出た。

タクシーを拾って家に帰るまで、いや家に帰ってからも私たちは会話らしい会話をした記憶がない。それまで私たち家族は高齢の両親は別としてほとんど病気らしい病気をしたことが無かったので、こうした場合に対応する術を知らなかった。

この当時は雑誌の連載やテレビの仕事などでかなり多忙な筈であったが、気持が動転していたせいか、まったく記憶がない。

憶えているのは、生死の境をさ迷う娘の安否と一歳半になる孫の面倒をみていたことばかりである。父親は会社勤めをしているので、朝の出勤時に孫の〈タッくん〉を預り夕方に返す。同じマンションの一つ上の階に住む長女夫婦も手伝ってくれたが、私たちも久しぶりの子育てに無我夢中だった。

孫の〈タッくん〉はやっと歩き始めたばかりではあったが、あまりむずかることもなく、子供向けの曲を流すと、歩行器の中で嬉しそうにリズムに合せて体を動かす。私たちも一緒になって踊りだすが、途中でふと娘のことが頭をよぎり、もし母親が亡くなったらこの子はと思うと、胸に込み上げるものがあった。

天気の良い日は、近くの代々木公園に乳母車を押して散歩に行った。〈タッくん〉は途中の小田急線の踏切で電車を見るのが好きだった。こちらで手を振ると、車掌さんが気がついて手を振ってくれることもある。すると私まで嬉しくなって電車が見えなくなるまで手を振った。

公園には広い芝生があって危くないので、なるべく乳母車から下ろして歩かせるようにした。そのほうが運動になると思ったからだ。或る時、〈タッくん〉が足許に落ちていた枯枝を拾うと、それを振りながら声を上げ、小走りに歩いた。

「やっぱり男の子だなあ」

一緒に付いてきた伊東は感心していたが、私はたとえどんな事があろうとも、この子は私たちの手で守ってやらなければと自分に言い聞かせた。

娘の病状は人工心肺のお蔭で小康状態を保っていたが、心臓そのものは自分の力では動いていなかった。

あとで知ったことだが、人工心肺が使えるのは一期二期三期の三週間程度で、もし二週間以内に自力で心臓が動かない場合は、心臓移植か人工心臓ということになる。その理由は人工心肺装置の場合は自然の血流にくらべると流れが遅く、心臓に血栓ができやすい。その血栓が冠状動脈を詰まらせれば心筋梗塞、肺にできれば肺梗塞、脳の血管をふさげば脳梗塞となり、いずれも命にかかわる結果となる。

心臓移植はドナーを探すのが大変だし、人工心臓では社会復帰はむずかしい。その運命の岐路となる日が日一日と近づいていた。

亡くなった父は私が幼い頃から、

「神さまにお祈りするときは、まず自分以外の人の仕合せを祈り、それから自分のことをお願いするものだよ」

といっており、今でも夜ねる前に私はそうしているが、このときばかりは、娘の心臓が自力で動きだすことばかり祈っていた。

伊東は神職なので毎朝暗いうちに起きて職員たちと一緒に神拝行事を行い、それから境内の掃除をしてから社務所をあけるのが日課となっていたが、この時ばかりは朝拝のあと一人残って娘の病気平癒の祝詞をあげていたところ、やがて職員たちもそれに気付いて一緒に祈ってくれたそうだ。

そのせいか、いや勿論近年のいちじるしい医学の進歩のお蔭だろうが、娘の心臓は人工心肺を装着して二週間目の最後の日、奇跡的に自力で動きだした。その知らせを娘婿の〈三ちゃん〉から聞いたのは、ほとんど諦めかけていた時だったので文字通り起死回生の喜びと感動を味わった。

殊に〈三ちゃん〉は妻の入院以来ずっと会社の帰りに病院に立寄って病人の脚《あし》

をマッサージし続けてきたので、その喜びも一入《ひとしお》だったことだろう。

「ほんとうに一時はどうなることかと思いました。脚の筋肉は第二の心臓だとお医者さんから聞いたので私にできることは女房の脚を揉むことと神様に祈ることしかないじゃないですか」

と述懐した。

その後、病気は順調に快方に向い、年明け早々には退院することが出来た。ところが家族一同がほっと胸を撫で下ろしたのも束の間で、退院後の最初の検査で軽い心膜炎が発見されて再度入院することになった。更にくわしい検査の結果、心臓に一センチ大の血栓が見付かり一度ならず二度目の肝《きも》を冷やしたが、この血栓もいつの間にか消えてくれて事なきを得た。

〈事実は小説よりも奇なり〉という言葉があるが、本当にこんなことが自分の人生の中でも起きることを初めて体験した四か月半であった。

次女は大病をしたにもかかわらず、後遺症もなく、数年後には次男を無事出産した。また入院中に夢で私の父、彼女にとっては祖父から、神主になってお宮の跡を継いで欲しいと言われたとかで、K大学の神道科に入学して資格をとり社会復帰を果すことが出来た。

〈禍《わざわい》を転じて福となす〉という古い諺があるが、家族が近くに住んでいたことも幸いして協力し合うことが出来たのも良かったと思う。お蔭で私も執筆を再開することができた。〈艱難《かんなん》汝を玉にす〉ということか。

でも二度とあんな辛い思いはしたくないというのも、私の本音ではある。

伊東は私たち二人で自祝の宴を開いたとき珍しく饒舌《じょうぜつ》になり、

「Religion without science is blind. Science without religion is lame.」

下手な唄でもうたうように唱えた。

「何よ、それ」

「アインシュタインて知ってるか」

「相対性理論で有名な物理学者でしょ」

「そう、彼が言った言葉で、科学なき宗教は目が見えないのと同じ。宗教なき科学は足が不自由なのと同じ。ということさ」

「それがどうだっていうの」

「つまり、科学と宗教はどちらも我々人間にとっては大切なものだっていうことさ」

私は空になった彼の盃を横目で眺め、ちょっと考えてから三本目のおちょうしに手を伸ばした。

人間万事塞翁《さいおう》が馬

世界中に拡大する新型コロナの猛威は、いったい何時《いつ》になったら終息に向かうのだろう。有効なワクチンも特効薬も無い中で、私たちはただ右往左往するばかりだ。

ちょっと前には、二年連続で訪れる私たち夫婦の米寿の祝いを、経費節約で一回にするか、家族にとっては大切な行事なので矢張り夫婦別々に二回行うべきだろうなどと、頭を悩ませたものだったが、パンデミックの御蔭でどちらも奇麗さっぱり吹き飛んでしまった。

これと同じような体験は、第二次世界大戦の末期くらいのものである。どちらも平穏無事な日々がいかに貴重なものであったかが身にしみた。

私の九十年近い人生を顧みると、およそ三つの時代に区分される。第一期がこの世に生をうけて作家になるまでの約三十年。第二期が作家になって文化勲章を頂くまでの約五十年。そして第三期は受章から今日までの歳月である。

いずれも私にとってはたった一度の何物にも代えがたい人生の過程であり生の営みなのだが、特に第二期の作家としての生活は私という人間のすべてを出し尽し、燃え切ったという思いがする。

五十年間昼となく夜となく書き続け、出産以外に入院したこともなく、よく体力がもったものだと自分でも感心する。まだパソコンの無い時代だったので、すべて原稿用紙に手書きで文字を刻んだため、右手の人差指と親指は少し変形したが、作家に特有の書痙《しょけい》に悩まされることもなく、眼の病気にもかかわらず過ごせたことは有難かった。そうした体質を伝えてくださった両親や御先祖様に感謝するばかりだ。

感謝といえば、私の仕事を蔭から支え続けてくれた家族の協力も決して忘れてはならない。これはどこの御家庭でも同じだと思うが、特に作家の場合は約束の日時までに仕事を仕上げなければならないし、内容が悪ければ次回の注文も危うくなる。

よくお産の時の苦痛を生みの苦しみというが、作家は男女の別なく一本の作品を仕上げるまでに強い精神的肉体的な緊張と苦しみに耐えねばならない。良い評価を得た時の喜びは大きいが、不評の場合の気持の落ち込みも激しい。

世の中には芥川賞・直木賞をはじめ多くの文学賞が用意されているが、どの賞でも一流の作家であることを生涯にわたって保証してくれるものではないし、著名な作家をしばしば死に追《お》いやることのあるスランプ（不調）などもプロの作家なら誰でも経験することだ。

こうした不安定な心の状態の中で仕事を続けている作家にとって大事なのは、読者・視聴者・観客の方々の反応や、出版・放送・舞台の担当の方の御力添えなのだが、最も影響を受けるのはやはり生活を共にする家族の協力ではないだろうか。

結婚した当初は、作家・妻・母・主婦のすべてを立派に遣りこなすつもりで張り切っていたし、実際そういう時期もあったが、間もなくそれは絶対に無理だということが分った。仕事の量がどんどん増えていったからだ。

私たち夫婦は相談して住居を幡ヶ谷から代々木八幡に移すことにした。もちろん伊東は母親の承諾を取り、私は父に頼んで神社の役員の承諾を取ってもらった。拠点を私の両親の住む神社の境内に置いたため、育児や家事は経験豊富な伊東の母や私の母に手伝ってもらうことができ、伊東は私の父から神職としての知識や祭式（祭りの行事作法）を学ぶことができるようになった。

彼はその頃はまだ小説やテレビや映画のシナリオなどの仕事を続けていたが、私の秘書役や仕事の調整や管理なども手伝ってくれた。本当ならばライバルという立場でもあるのに、結婚してからは、いやその前からもそんな事は曖《おくび》にも出さず協力してくれた。長谷川門下では私と同じ最弱年の弟子なのに、何故か先生御夫妻の御信頼が厚かった。口数も少なく、気働きも大したことはないのに、毎月先生のお宅で開催される勉強会で彼は時々場違いな発言をして先輩たちの胆を冷やした。

先生が徳川家康の〈御遺訓《ごいくん》〉の例を引かれて、気が短かいので有名な先輩に対して、

「家康は、怒りは敵と思えと言っている。世の中には腹の立つことも多いが短気は損気だ。忍耐は安泰の基《もとい》とも言われているが、怒りを押さえきれずに身を亡ぼした人は歴史上も数え切れないほどだ……」

と諭《さと》された。皆も神妙に聞いていたが、伊東が突然手をあげて、

「私は怒るべき時は怒ったほうがいいと思います」

と言いだしたので、思わず全員が息を呑んだ。

「私は臆病なので、言うべきときに何も言えずに後悔することが間々あります。怒るべきときは怒り、言うべきときは言うのはいけないことでしょうか」

皆な緊張して先生の次の言葉を待つ。すると先生は口を軽くあけて、ハッハッハとお笑いになった。

「君は若いからそれでいい。今に出世して名前が人に知られるようになったら味方もふえるが敵もふえる。家康は子供の頃から大変な苦労をした人なので、忍耐の尊さをよく知っていたのだよ」

先生のお声が桜の蕾《つぼみ》に開花をうながす風のように温かだったので、私はほっとした。彼は時として子供のように馬鹿正直になることがあった。

娘たちがまだ幼い頃、私たちは夏になるとよく一週間くらいの日程で山や海にでかけた。東京のむし暑さを避けることは勿論だが、子供たちに自然の中でのびのびと遊ばせてやりたかったからだ。

海はなるべく子供用のプールがある所、山は温泉のある所を選んだのは三人の親たちへのサービスのつもりだった。したがって海は伊豆下田のホテルや房総半島南端に近い鴨川のホテル、山は草津か箱根の旅館だったが、いざ蓋《ふた》をあけてみると、私は仕事が忙しくせいぜい二、三泊で帰京することになり、あとは伊東に任せて帰ることが多かった。

三人の親たちと二人の幼い娘たちを任された伊東は、さぞかし苦労したのではないだろうか。

その中の一つ二つをあげると、彼が箱根の旅館の家族風呂に下の娘と一緒に入浴した時、彼女がお気に入りのプラスティックの人形で遊んでいるのを見届けてから頭を洗いだした。シャンプーをつけて充分泡立ててからふと気がつくと前の鏡の中に娘の姿がない。嫌な予感がして振り返ると、人形が二つ並んで湯船に浮いていた。が、すぐにそれは片方が人だと分った。

家族風呂とはいってもかなり広い浴槽で、娘の方はその真ん中より少し手前にうつ伏せの状態だ。

夢中で飛びこみ抱き上げたとたん激しく泣きだした。泣いてはいるがお湯を飲んだり肺に吸い込んだ形跡はなかったという。たぶん風呂に落ちて間もなくだったのだろう。

「気をつけて頂戴よ、大事な娘なんだから」

あとで知った私は思わず声を荒げたが、それ以上は責めなかった。もし私が居たらこんな事にはならなかったかもしれないが、逆に彼ほど俊敏に風呂に飛び込めたかどうかは分らない。

それから数年後、今度は私の目の前で長女の身にも更に大きなアクシデントが生じた。

房州鴨川のホテルには立派なプールが大人用と子供用の二つもあって、娘たちはいつもそこで遊んでいた。爺ちゃん婆ちゃんたちもプールサイドのパラソルの下でコーヒーや紅茶を飲みながら、孫たちが嬉々として水と戯れる姿に目を細めたり、時にはボールを投げたり拾ったり或《あるい》は会話を楽しんだりしていた。

海はホテルから防風林を抜けて階段を下ればすぐの所にあったが、どういうわけか石だらけで、砂浜がほとんど無かった。遠くの海岸には海の家なども散見されたが、ホテルの前はかなり広範囲にわたりホテル専用となっているらしく、宿泊客以外に人影もまばらだった。

早起きのわが家の親たちは互いに誘い合わせてこの海岸を散歩し、珍しい石や貝がらを拾い、朝食の時に孫たちにプレゼントするのも楽しみの一つであった。

そんな或る日、上の娘が突然、

「海で泳ぎたい」

と言いだした。たしかに円いドーナツ状の浮輪のほかにも、波乗り用の膨らませれば畳ほどになりそうな浮袋も持参していた。

「これで波のりをしたらいいわね」

と私が提案したような気もする。

「下の子は無理だが、お姉ちゃんはもう小学校の二年だし、パパが一緒なら……」

家族の意見も一致した。

その日は朝から好天に恵まれ、風も珍しく穏やかだった。午前中は子供用のプールで遊ばせ、午後になってから下の娘と親たちは昼寝をし、私たちは海岸に向かった。上の子は妹に対する優越感からか、いつもより足どりも軽く饒舌だった。

私は幼い頃父親と海水浴に行き、その時飲んだミルクコーヒーが原因で疫痢《えきり》となり死にかけた事があったので、それ以来海水浴はタブーとなった。そのため水泳はかなり大きくなるまで許可されなかった。もちろん泳ぎは不得意だ。

それに引き替えパパは、中学一年のとき学校で開催された水泳大会で、平泳ぎの部門で優勝を果した。だから当然のことながら颯爽と海へ入って行くのはパパと娘で、私は大きな麦藁帽子とサングラスと陽やけどめクリームで万全を期し、携帯用の椅子と双眼鏡を持参して浜辺から見守ることにした。

父子はサーフィンをするつもりでいたようだが、幸い波はほとんど無かった。此処はほかと違って海岸が遠浅ではなく、少し進むとすぐ深くなる。そういうことからも子供にとっては危険な場所だった。海水浴客の姿もまばらで若者たちが五、六人泳いでいるのが見える。

パパは浮輪をつけた娘を畳大《たたみだい》の浮袋の上にのせ、自分は泳ぎながらそれを押していた。

私が手を振ると娘も嬉しそうに手を振る。その姿を私は何枚もカメラに納めた。遠い沖合をタンカーらしき大型船がゆっくりと移動しているのが見える。数年前に横浜の大桟橋から船に乗りニューヨークへ行ったときのことを思い出した。東京湾を出るとすぐ船の揺れが激しくなった。湾の外は波の荒い外海だった。

気がつくと、娘たちの姿がかなり遠くなっている。あっという間に沖合に出てしまったのだろうか、近くに人の姿はなかった。

声は届きそうもないので、私は立ち上り戻るように大きく何度も手を振った。双眼鏡を向けると方向転換したようなのでほっとした。

坐りなおして新しく始まる新聞連載の小説の構想を考えはじめる。しばらくして目を上げる……と、浮袋の二人は少しも前に進んでいないような気がする。ふたたび双眼鏡を覗いたが、娘は浮袋の上に居るしパパも懸命に戻ろうとしているのに、その姿はどんどん沖の方へ遠ざかっているように見えるのだ。

その時初めて、二人が流されていることに気がついた。さっきタンカーが通って行ったあたりは、確か黒潮か何かの速い潮の流れがあって、もしそれに嵌《はま》ったら大変なことになると以前聞いたような気がする。

急に心臓の鼓動が高まった。二人は今度は左の方に流されている。強い流れに翻弄《ほんろう》されているのだろうか。

（とにかくフロントに頼んで船を出してもらおう）私は海岸の石ころに足をとられながら夢中でホテルに走った。石段を登り防風林を抜け、やっと高台に出てから海を振り返った。

そうしたら驚いたことに、いつの間にか娘の乗った浮袋が海岸近くまで戻ってきているではないか。私は体中の力が抜け、その場にしゃがみ込んでしまった。そして浜辺へ走った。

「どうしたの、いったい。ママ心配したのよ」

娘を抱き上げたが、彼女は予想以上に元気そうだった。

「ずいぶん遠くまで行ってきたのよ」

むしろ誇らしげに笑顔を見せたが、パパはかなり疲れている様子だった。

「本当に一時はどうなるかと思った……」

と耳許で囁《ささや》いた。娘には聞かせたくない話だったのだろう。

パパの説明によると、浜辺を出てから最初のうちは極めて順調で、あっというまに沖合に出た。そこからの景色は水平線を背にして、鴨川一帯の海岸線や隣りの海水浴場が見渡され、そこには海の家がかなり立ち並び、海水浴客たちの色とりどりの姿が散見されるほど、こちらとは全く異なる眺めがあった。

子供を下して泳がせたり、頃合を見計らって浮袋の上で日光浴をさせたりを繰返しているうちに時が過ぎ、いつの間にか出発点からかなり遠くまで来ていることに気がついた。

「あっ、ママが手を振ってるよ」

娘の方が早く気が付き「帰ろうよパパ」と言いだしたのを機に、彼は娘を大きな浮袋の上に乗せ海岸を目差して泳ぎだした。沖合の海水はかなり低温で、体の冷えが気になっていたところだった。

暫く蛙泳ぎを続けてから位置を確認したら、あまり前に進んでいないような気がしたので、もう一度懸命に力を振り絞ってから、海岸の様子を窺《うかが》って愕然《がくぜん》とした。岸に近付くどころかむしろ遠ざかっているではないか。一瞬慌てたが、

（もしかしたら、海岸から沖へ向かう海流があって流されているのかもしれない）

と気がついた。だからといってどうすればいいか見当もつかない。体力は限界に近付いているし、体が冷えているのでもし足がつりでもしたらどうしようと思った。

彼は心の動揺を娘に覚られないようにわざと明るく話しかけた。

「ほらもうすぐだから、頑張ろうね」

「がんばれ、がんばれパパ」

娘もパパを励ましてくれた。その間にパパは自分の引き出しの中から何んとか脱出する方法を必死で探し続けた。そして最後の手段として、進路を右の方向へ変えてみたのだ。

グライダーマンだった彼は、何度も空中で目に見えない上昇気流に乗って高度を上げ、下降気流にぶつかると高度が降るので、ふたたび旋回しながら上昇気流を探して上昇し、滑空を続けたことを思い出した。プロペラを持たないグライダーは、こうして長時間、あるいは長距離の滑空を続けることが可能なのだ。海にも往還の流れがあるかもしれない。

私が岸の方から眺めていて、急に方向を変えたと思ったのは、丁度この時だったのだろう。この海岸には矢張り沖へ流れる海流と、逆に岸に向う二つの海流があったのだ。あとで調べてみたら、すべての海岸にそういう流れが有るわけではなく、海底や入江の形などによって起る現象なのだそうだ。此処《ここ》の海岸に普通なら見られる砂がほとんど無いのは、そのせいだったのだと納得した。

私たちの日常生活の中には、思わぬ危険が常に潜《ひそ》んでいるので気をつけなければならない。

この話はどちらも私たち夫婦が若かりし頃の失敗談なので、これまで親にも子供たちにも話したことはなかったが、親はすでに他界し子供たちも中年をとっくに越える年になっているので、一歩を間違えれば人生を大きく狂わせかねなかった出来事を、自戒と孫たちの為にも書いておくことにした。

それにしても人生は〈人間万事塞翁が馬〉、どきどきしたり、はらはらしたりすることは度々《たびたび》だがとにかく狼狽《うろた》えないことだ。諦めさえしなければ、必ず道は開ける。

旅は道づれ世はなさけ

古いことわざに〈旅は道づれ世はなさけ〉という言葉がある。

江戸時代にできた「いろはカルタ」の中の一つだが、当時の旅行は今と違って飛行機や新幹線や自動車もなく、遠い道のりをてくてくと自分の足をたよりに歩いて行かねばならないし、道中には〈ごまの蠅《はえ》〉と称する盗賊が旅人のふところを狙っているなど不安や苦労が多かった。

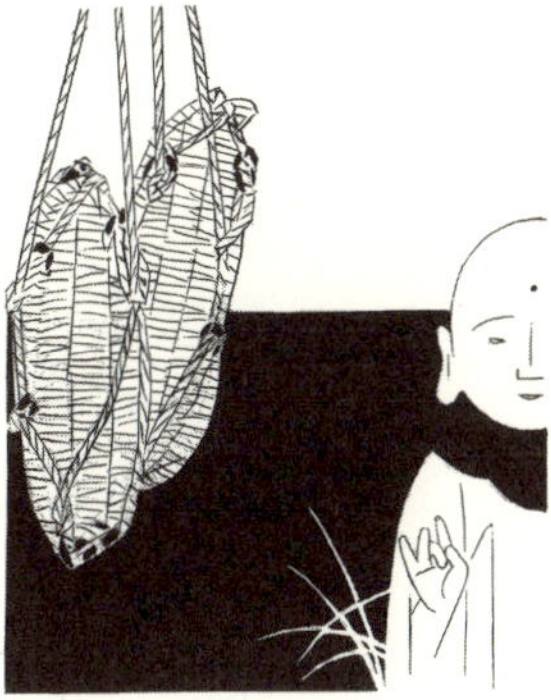

それで旅には気ごころの知れた同伴者がいれば心づよいし、困難の多い人生もお互いに助け合ってこそ無事に渡って行くことができるのだという意味だ。

〈ごまの蠅〉という言葉はもともとは〈護摩《ごま》の灰《はい》〉で辞書によれば、高野聖《こうやひじり》（中世の頃、勧進のために高野山から諸国に出向いた下級僧）の扮装をして、弘法大師の護摩の灰と称して押売りした者の呼び名から転じて用いられるようになったのだそうだ。

最近テレビや新聞などで連日のように報じられている〈おれおれ、還付金、クレジットカード〉などの詐欺《さぎ》事件は今も昔も変りはないもののようだ。

いや、弱者である老人の金をねらうなど、江戸時代以上に血も涙もないやからである。

私のところにも十五年くらい前に裁判所から、パソコンでいかがわしい映像を観た料金が支払われていないので訴状が出ている、至急連絡するようにという葉書が届いた。その頃パソコンはまだ使っていなかったのですぐに詐欺だと分った。

それからも時々おかしな電話がかかってきたが、いつも伊東が対応して事なきを得ている。うちではかなり前から受話器は常に主人がとることにしている。彼が仕事で居ないときにはヘルパーさんが相手の方の電話番号をお聞きして後ほど電話をさしあげる。私のスケジュールや仕事の内容は主人の方がくわしいからだが、本音はなるべく筆を中断したくないからだ。

私の師匠の長谷川伸先生は、原稿を書きはじめると食事やトイレに行く時間も惜しんで書き続けられたとお聞きしたことがあるが、小説でも脚本でもテーマさえ決まれば、あとは頭の中で主人公をはじめ登場人物が勝手に動きだすので、作者はそれを文字に描写するだけなのだが、その流れが中断すると、元の映像を取り戻すのに時間がかかる。場合によっては流れの方向が変ってしまうこともある。

伊東は神主になる前は小説やシナリオなどを書いていたので、その辺のことはよく理解しており、協力してくれるので助かった。結婚する前、長谷川先生から、

「平岩君をよろしく頼むよ」

と言われていたそうで、それをしっかりと胸に刻んでいたのだろう。

しかし夫婦だから時には喧嘩もする。

結婚してまだ間もない頃、ささいな事で腹をたてて彼に摑みかかっていったことがあるが、私の体は何故か突然宙に浮き、ふわりと畳に横たわっていた。

あとで知ったのだが、彼は子どもの頃から柔道や剣道を習っていて、その昔、水道橋の講道館で作家富田常雄の名作「姿三四郎」のモデルの一人ともいわれる三船久蔵十段に稽古をつけてもらったことがあったそうだ。

私も父から「神道無念流」の剣道を習ったことがあるが、彼にはとうてい歯がたたぬと覚って、その後は一切腕力には頼らないことにした。

ちなみに、代々木八幡宮に隣接する福泉寺には「神道無念流」の達人斎藤弥九郎の墓がある。父はよくこの墓に詣でていた。

腕力ではかなわないが、口喧嘩なら負けてはいない。といっても年がら年中喧嘩をしているわけではなく、普段はたがいに助け合って暮しているし、私も彼から殴られたり蹴られたりしたことは一度もないのだが、原稿の締切がせまってい るのにテーマがきまらなかったり、執筆途中で壁にぶつかったりすると気持がい らいらしてきて、思わず身近かな人、亭主に当ってしまうこともある。

愚図《ぐず》！のろま！方向音痴！などという罵声が次々と飛びだす。八つ当りという のだろうが、私の場合は子供たちやヘルパーさんや犬や猫にも言わないことを亭 主にのみぶつけるというのは、それだけ身近かでサンド・バッグのように打たれ 強いことを承知してのことだったと思う。つまり一種の甘えなのだろう。打たれ る方はたまったものではない。

若い頃は明らかに怒っている表情を浮かべたり、反論してきたこともあるが、 年とともにそれもなくなって、いつも穏やかに対応してくれた。

「どうして怒らないの」

と尋ねたら、

「俺が育った昭和の初めごろは、弱い者いじめは男の恥と教えられていたからじゃないかな、三つ子の魂百までもと言うじゃないか」
それから少し間をおいて、
「徳川家康が晩年に語ったといわれる御遺訓に次のような言葉がある。若い頃はあまり感じなかったが家康と同じ七十代になってから身にしみてその意味が分るようになってきたような気がする」

御遺訓

⑴人の一生は重荷を負て遠き道をゆくが如し。いそぐべからず。⑵不自由を常と思えば不足なし。⑶心に望《のぞみ》おこらば困窮したる時を思い出すべし。⑷堪忍《かんにん》は無事長久の基《もとい》。⑸いかりは敵と思え。⑹勝事《かつこと》ばかり知りて負くることをしらざれば害その身にいたる。⑺おのれを責《せ》めて人をせむるな。⑻及ばざるは過《す》ぎたるよりまされり。

（右の御遺訓の数字は、筆者が便宜的に付した）

「俺は若い頃は怒りっぽくて、すぐ、かっとなる悪いくせがあったが、この家康の言葉を見てはっとした。彼は幼い頃から苦労に苦労を重ねたあげく天下人になった人だけに、その言葉には重みがある」

伊東は最後の所に力をこめた。

平岩家の祖先は徳川十六神将の一人で元犬山城主平岩親吉《ひらいわちかよし》なので、主君である徳川家康についても調べてみたことがあるが、三歳のときに母於大《おだい》の方は兄水野《みずの》信元《のぶもと》が織田方についたため夫松平広忠《まつだいらひろただ》から離別された。

広忠は織田方とは敵対関係にある今川義元と同盟関係にあったからだ。こうした例は戦国時代にはよくあったことで、その後家康（当時は松平竹千代）は六歳で三河の国（今の愛知県の東部）岡崎から駿河の国（今の静岡県中央部）の今川氏に人質《ひとじち》として送られた。

ところがその途中、織田方に捕らえられ尾張（愛知県西部）で暮すようになる。

二年後父広忠が死ぬと織田と今川のあいだで捕虜の交換があり、ふたたび今川に引渡された。

十四歳で元服して今川氏の一族の娘築山殿《つきやまどの》と結婚したのが十六歳の時、その後、今川義元が桶狭間《おけはざま》で討たれたため、十一年ぶりに故郷の三河の国岡崎に帰った。翌年信長と和解して〈姉川の戦《たたかい》〉で信長と共に大勝したが次の〈三方ヶ原《みかたがはら》の戦〉では武田信玄に大敗した。

数年後武田勝頼が攻め寄せてきた〈長篠《ながしの》の戦〉では信長と連合して勝利をおさめたが、その四年後武田側との内通を理由に妻の築山殿の処刑と嫡男信康《ちやくなんのぶやす》の自害を命じられ、涙をのんで要求に従わざるを得なかった。

応仁の乱以後、信長が天下をとる約百年間の戦国時代は群雄が割拠して食うか食われるかの戦いが続いた時代で、家康のような悲劇はそう珍しいことではなかった。家康の残した「御遺訓」にはこうした非情な体験があったと思うと胸が痛くなる。

四百五十年前の戦国時代と現代では総てにおいて大きな違いがあるのはもちろんだが、人が生きてゆく上での自分や他人とのあいだの葛藤《かっとう》がなくなることは無い。

数十年前のことだが、名女優の山田五十鈴《いすず》さんから舞台稽古のときこんなことを言われた。

「平岩先生は、普段は観音さまのようにやさしいのに、お稽古が始まるとまるで鬼のようになるのね……」

思いがけない言葉にとまどっていると、

「でも一生懸命指導してくださるのは嬉しいけれど……」

山田さんは女優としては初めての文化勲章受章者で、作品は川口松太郎先生の作品「しぐれ茶屋おりく」。先生はこの作品で吉川英治文学賞を受けていらっしゃる。いずれにしても私は緊張せざるをえなかった。夢中になれば前後の見境がつかなくなるのが私の悪い癖だということに初めて気がついた。

そういえば家でも仕事の最中にいらいらして夫に八つ当りしていたが、彼は大した反発もしてこなかったので、こちらはいつもあとはさっぱりして仕事に戻り、作品が仕上ればいつもの仏《ほとけ》の弓ちゃんに戻るのだからいい気なもんだ。彼の思いやりに感謝するきっかけになった一幕だったと思う。

山田五十鈴さんにはこの作品のほかでもお芝居では「三味線お千代」、テレビドラマでは私の作品に四、五本は出ていただいたと思う。人生における体験豊富な方だっただけにやんわりと私をたしなめて下さったのだと思っている。

何度もくり返すが、私は自分の人生を顧みて、長谷川伸先生、戸川幸夫先生をはじめ沢山の先輩や友人にめぐまれ、その方々の御指導や御支援を受けて今日があると思っている。

口の悪い私の連合《つれあい》は、

「ブタもおだてりゃ木に登る、かも」

とからかうが、本当にそうだったかもしれないと思わぬでもない。

学校の成績は国語と歴史をのぞいては最低だったし、駈けっこはいつもびりで自転車にも乗れない私が、数々の名誉ある賞をいただくような人生を送ることになろうとは、まったく夢にも思わぬことであった。

ほんとうに人生は〈旅は道づれ世はなさけ〉なのだろうと思う。

生まれてきて本当によかった。

装幀　野中深雪

初出誌「オール讀物」

嘘かまことか　二〇一九年十二月号
夫婦は二世というけれど　二〇一九年九・十月号
神様が書かれたシナリオ　二〇二〇年八月号
マイカー三昧　二〇二〇年七月号
「とみ」の思い出　二〇一九年一月号
お供猫〈花〉　二〇一九年十一月号
丑の刻まいり　二〇一九年三・四月号
書生の光ちゃん　二〇二〇年六月号
親友、あこちゃんのこと　二〇一九年二月号
直木賞受賞の頃　二〇一九年六月号
楽あれば苦あり　二〇一九年七月号
天皇の松　二〇一九年五月号

生きるということ　二〇二〇年二月号
犬も歩けば棒に当る　二〇二〇年五月号
アリとキリギリス　二〇二〇年一月号
禍福は糾える縄の如し　二〇二〇年三・四月号
人間万事塞翁が馬　二〇二〇年九・十月号
旅は道づれ世はなさけ　二〇二〇年十一月号

著者略歴

一九三二年（昭和七年）、東京の代々木八幡宮の一人娘として生まれる。

一九三八年（昭和十三年）、富ヶ谷尋常小学校に入学。ランドセルを背負って出かけたのに学校をサボって、愛犬の「とみ」と一緒に過ごした。小学校一年生の夏休みには、海水浴の帰路に飲んだミルク・コーヒーで疫痢になり、危うく一命をとりとめる。

一九四四年（昭和十九年）、日本女子大附属高等女学校に入学。

一九四五年（昭和二十年）、母の郷里の福井に疎開。終戦後、東京にもどった。

一九五〇年（昭和二十五年）、日本女子大学文学部国文科に入学、一九五四年に卒業。

一九五六年（昭和三十一年）、戸川幸夫に弟子入り。初めて小説を書いた。

一九五八年（昭和三十三年）、長谷川伸の主宰する新鷹会に入り、小説と戯曲を学ぶ。

一九五九年（昭和三十四年）、「鷲師」で直木賞受賞。二十七歳だった。

一九六〇年（昭和三十五年）、同じ長谷川門下の伊東昌輝と結婚。この頃からテレビドラマの脚本を書き始める。

一九六一年（昭和三十六年）、長女が誕生する。逆児なので帝王切開を選んだ。
一九六三年（昭和三十八年）、恩師・長谷川伸が、聖路加病院で亡くなられた。
一九六五年（昭和四十年）、TBSテレビドラマシリーズ「女と味噌汁」が始まる。
一九六七年（昭和四十二年）、NHK連続テレビ小説「旅路」放送。
一九六八年（昭和四十三年）、TBSテレビドラマ「肝っ玉かあさん」放映スタート。
一九七三年（昭和四十八年）、「御宿かわせみ」シリーズ連載開始。
一九九一年（平成三年）、「花影の花」で吉川英治文学賞を受賞。
一九九八年（平成十年）、菊池寛賞を受賞。
二〇〇三年（平成十五年）、次女が劇症型心筋炎で生死の境をさまよった。
二〇〇七年（平成十九年）、「西遊記」で毎日芸術賞を受賞。
二〇一六年（平成二十八年）、文化勲章を受章。
二〇二一年（令和三年）三月十五日、満八十九歳の誕生日を迎える。

嘘《うそ》かまことか

二〇二一年三月十日　第一刷発行

著　者　平岩弓枝《ひらいわゆみえ》
発行者　大川繁樹
発行所　株式会社　文藝春秋
〒一〇二-八〇〇八　東京都千代田区紀尾井町三-二三
☎〇三-三二六五-一二一一
印刷所　凸版印刷
製本所　大口製本

ISBN978-4-16-391340-7

Printed in Japan